一个人的智慧不仅在头脑里

也在手指上

“大国工匠人物传”丛书

周皓

追求极致的『深海匠人』

袁瑰秋◎著

中国工人出版社

国之大者，工匠先行

——“大国工匠人物传”丛书总序

在中华全国总工会成立100周年之际，全国总工会宣传教育部、中国报告文学学会、中国工人出版社联合开展了“文艺工作者走基层”活动，推出“大国工匠人物传”丛书，向全国总工会献礼，向广大劳动者致敬！

“知者创物，巧者述之守之，世谓之工。百工之事，皆圣人之作也。”这是中国所见年代最早的关于手工业技术文献《考工记》中对工匠的记载。“工”之责在于造物，“匠”者为能工鼎识者也。

幼时，老家云南昆明大板桥的老街上，从南头到北头，都是大大小小的手艺人，木匠、石匠、焗匠、骟匠、竹篾匠、鞋匠、箍桶匠……空气中飘荡着木匠的刨花香和石匠敲打出来的粉尘，充满着焗匠手中皮带的“吱扭扭”声、骟匠刀下小猪猡的闷哼、箍桶匠皮锤不轻不重的敲击声。老街上的竹篾匠是我的一个表姨夫，他来自四川，有着一手出神入化的编造竹篾手艺。粗壮的毛竹是表姨夫手中的“百万雄兵”，在一把锋利无比的刀的指挥下，被劈成厚薄、粗细不一的篾。表姨夫的本领仅次于撒豆成兵的天神，他能化篾成物，一般家里能见到、用到的器物，他都能用竹篾编出来。母亲曾命我在老街上买一个暖水瓶的内胆，然后去表姨夫的摊位上，坐等他为暖水瓶胆编制一件竹制的外壳。那个暖水瓶至今还在我家老屋的一个角落里。竹篾壳早已被岁月包了浆，虽然久不使用，却依然油润、红亮。这便是我幼时对匠人的记忆。

五千多年的中华历史长河中，涌现出了无数能工巧匠，他们或如明月光照，或如星河璀璨。一代代薪火相传的工匠精神，不仅成就了那些流芳百世的绝世建筑与器物，更是烛照我们通向文明现代化进程的精神之光，是我们文化的自信心、民族的根与魂。

从“嫦娥”探月到“祝融”探火，从“北斗”组网到“蛟龙”深潜，从港珠澳大桥横跨三地到大兴国际机场凤凰腾飞……这些挺起中华民族脊梁的大国重器、世纪工程背后，无不凝聚着万千工匠的心血和汗水，映照着工匠们孜孜以求、拼搏奋进的身影。

本套丛书收录的是全国总工会历年评选出的大国工匠

的人物传记。他们当中有焊接高铁的“工人院士”李万君、打破国外高端设备维修垄断的王树军、让中国锻件立于世界之巅的刘伯鸣、“人刀合一”的顶级钳工李凯军、在高空“穿针引线”的竺士杰、油田里的创新能手刘丽、了不起的“钢铁裁缝”艾爱国、数控机床上的“雕刻师”孟维、让三星堆文物“活”起来的郭汉中……他们有的是传统加工业的锻造者，为了突破技术瓶颈精益求精；有的是新兴制造业的探路者，为了实现精密制造巧思妙想；有的是军工行业的铸剑者，为了打造国之重器默默坚守；有的是民间手工艺的守护者，为了传承非遗文化精雕细琢……他们奋战在国防军工、装备制造、传统工艺等行业的第一线，以久久为功的钻研和创新，造就了一个个传奇。

这些杰出的工匠，尽管行业不同、岗位不一，成长经历各异，但他们都有着爱党爱国、敬业奉献、创新争先的优秀品质。他们耐得住清贫与寂寞，用灵巧的双手和精湛的技艺，数十年如一日地在平凡的岗位上雕琢自己心中的梦想，以实际行动诠释着“执着专注、精益求精、一丝不苟、追求卓越”的工匠精神。“天下大事，必作于细。”工匠精神既是中华民族技艺世代传承的价值理念，又是中国开启新征程，从制造业大国迈向制造业强国的时代需要。

“大国工匠是我们中华民族大厦的基石、栋梁。”2024年3月5日，习近平总书记参加十四届全国人大二次会议江苏代表团审议时强调“树立工匠精神”，指出“没有金刚钻，揽不了瓷器活”，要“把第一线的大国工匠一批一批培养出来”。党的十八大以来，习近平总书记对建设高素质劳动大军高度重视，强调“当代工人不仅要有力量，还要有智慧、有技术，能发明、会创新，以实际行动奏响时代主旋律”，深刻阐述工匠精神“执着专注、精益求精、一丝不苟、追求卓越”的内涵要义，号召全社会弘扬工匠精神，“为全面建设社会主义现代化国家、实现中华民族伟大复兴的中国梦提供有力人才和技能支撑”。

“匠心聚，百业兴。”无论是传统产业，还是新兴产业、未来产业，大国工匠在发展新质生产力的历史进程中不可或缺。随着经济发展方式转型和产业结构升级，中国要实现由制造大国向制造强国的转变，实现由中国制造向中国创造的跨越，离不开广大劳动者的创新和创造，更离不开对工匠精神的继承和发扬，于是呼唤更多大国工匠成为时代强音。

文艺是时代进步的号角，最能代表一个时代的风貌，最能引领一个时代的风气。中国报告文学学会、中国工人出版社联袂推出“大国工匠人物传”丛书，以图书的形式为大国工匠树碑立传，让他们的故事和精神具有更广泛的交流传播价值和长久的史料价值。本套丛书的写作者奔赴大国工匠生活的城市，深入大国工匠工作的厂区、车间、工作室，获取了全面细致的第一手材料，最终将大国工匠的成长、成才故事呈现在读者面前。

“大国工匠人物传”丛书讲述的是个人奋斗史，也描绘出大国工匠的群体形象。可以说，这套丛书是目前国内系统研究众多大国工匠人生轨迹的权威读本，既有对每位大国工匠的整体介绍和事迹梳理，又有具体的事件、案例，全面、生动地展示了大国工匠各个人生时期的工作和生活状态。

新时代是奋斗者的时代，中国式现代化建设新征程这一宏伟事业为广大工匠技能人才成就梦想提供了广阔舞台。每位劳动者都是主角，都可以成为工匠精神的践行者。大国工匠是新时代的最美奋斗者，更是和平年代当之无愧的英雄。

国之大者，工匠先行，向着中华民族伟大复兴的目标砥砺奋进，行稳致远。

是以为序。

目　录

时代急速变化，周皓跟他所在的城市、企业一样，都来到了转型的路口。有时，转变是迫不得已的选择而非主动为之的结果。让周皓心怀感激的是，时代留下了可遇不可求的机会。

马里亚纳海沟，真的不仅仅是一条沟而已。有人说，那是通往地球内核的唯一通道，从未有人进去过，连神话传说都没有。

地球最深处，谁也没有见过是什么样子。地球物理学家特别想知道其剖面的模样。绵延一千多公里，几十套设备从地心开始扫描。然而，关键时刻，仪器全都打坏了，必须全船动员，周皓带队紧急抢修。

人类是不是总要问，我是谁？我从哪里来？最初，陆地上所有的生命都是从海洋进化而来的。假如地球生命来一次重置，会不会从马里亚纳海沟最深处的一只钩虾开始呢？

第一章 奔向深渊

“探索一号”科考船向马里亚纳海沟出发。在科考设备吊装上船的时候，周皓就开始晕船了。本航次将会持续两个多月，他相信自己能够克服晕船，哪怕不吃不喝，让腹中无物可吐，也要保障深海科考任务的圆满完成。

1

临近春节，三亚湾的夜晚格外璀璨。鹿回头山顶上的公园，路演歌手唱着歌，音响将和着电子琴伴奏的歌声传到了遥远的海面上。海岸边连排着五栋全海景酒店大楼，通体包裹着霓虹，倒映在海面上，霓虹的天与斑斓的海互为一体，环抱着一个魔幻世界。大大小小的游艇、游船慢悠悠地穿梭其中，被夜空中的霓虹染上了斑斓绚丽的色彩，在同样色彩的海浪中荡漾。偶尔有人驾着摩托艇，轰鸣着快速穿越海面，掀起长长的浪花，将霓虹粉碎在海中，而不久，霓虹又重新在海面聚集成斑斓的图案。

山顶石雕的鹿，回头望着远处的海边，霓虹已经照耀不到的地方，“探索一号”科考船悄然启航。

原定上午出发的，但是海况不佳，科考队在锚地再次检查系固了一遍甲板上的科考装备。“探索一号”远远地甩开了身后的城市霓虹，驶向了茫茫的夜色，时间是 2017 年 1 月 15 日。

这是周皓第二次远航，半年前远航过一次。

周皓，网上的人物词条总是这样介绍：男，汉族，1980 年 1 月生，内蒙古自治区奈曼旗人，在职大学学历，1999 年 8 月参加工作，2002 年 12 月加入中国共产党。党的十九大、党的二十大代表。现任中国科学院深海科学与工程研究所工程实验室钳工、首席技师，中共海南省委候补委员。2015 年获得“全国劳动模范”称号，2020 年获

周皓在港口留影

得 2019 年“大国工匠年度人物”荣誉称号。

这次出海的时候，周皓虽还不是“大国工匠年度人物”，但也已被各种或大或小的光环笼罩。周皓对自己，也对他人说：“我就是一个工人，一个钳工。”的确，周皓很普通，长相、身高都是中等，他甚至不符合普通人认为的东北人都比较高大的通常印象。“我就是比一般钳工技术要好一点儿，比他们的运气更好一点儿。”

2

在某些方面，周皓比普通人还要普通，比如，别人都不怎么晕船了，他却还晕，且晕得厉害。在“探索一号”科考船上，周皓的晕船，众所周知。

“因为是冬季。出发前水手长对我说，冬季的太平洋是不太平的。虽然我有了一些心理准备，但没想到海况会那样恶劣。我们的船驶出锚地不久就遇到了 3 米多高的涌浪，航行一段时间后，又遇到了更高的涌浪，有 5 米到 7 米高。在这样的海况下，我们 6000 吨位的科考船左右摇晃，接近 20 多度的倾斜度，前后摇晃也有十几度。我这个晕船的‘标杆’，连续 14 天的时间里就喝点小米粥，饿得我眼前全都是星星，走路都感觉腿哆嗦。”

一个同事说，只要看看周皓的晕船表现，就知道海上风有多大，浪有多高，不用看天气预报了。

晕船的时候，船舷外波涛汹涌，胃肠内翻江倒海，感觉天旋地转。尽管晕，但周皓的思维还是清醒的，他的内心升腾起了一种从未如此确定的对大自然的敬畏。他想，我们不是来征服大自然的，中华文明的基因里从来

周皓获得 2019 年“大国工匠年度人物”称号

周皓（右一）和同事在船上留影

就有“天人合一”的理念，我们是来学会与之共舞的。所以，周皓对付晕船的招数，一是不吃饭，以此切断呕吐的来路；二是工作，工作起来能够忘记晕船。并且，周皓再痛苦也拒绝吃晕船药，也不使用晕船贴。他想努力让自己的身体去抵抗，去适应。人的身体本身就有不断适应和进化的过程。

后甲板的潜器间，很多人坐在这里，到了饭点儿也不去餐厅，他们都是晕船的重度患者。因为这间工作房比较宽敞，颠簸晃动的幅度最小，所以成了“晕船俱乐部”。大家都盼着早点儿到达目的海域，开始各项作业后，航速慢下来，停下来，晕船就会好很多。

3

“探索一号”很漂亮，远远看上去像海豚，上白下蓝，前部主要是船舱，后部一半是甲板，也是操作平台，红色的门架和吊车像是飞翔的尾翼。“探索一号”原来是一艘海洋石油工程船，升级改造成为4500米载人潜水器母船及深海科考通用平台。它主要承担深海潜水器目标海域的科学研究和工程项目，如海洋资源探测、地球化学研究、海洋生物采集等，并兼顾与中国科学院未来发展相适应的科学项目。

2016年5月5日，中国4500米载人潜水器以及万米深潜作业的工作母船——“探索一号”在中船澄西船舶（广州）有限公司完成主体改修工程，正式交付中国科学院。该船满载排水量为6250吨，船长94.45米，型宽17.9米，具备无限航区和二级动力定位能力，续航能力大于10000海里，

周皓（右二）和同事们在雨中作业

自持力大于 60 天。它的主机功率为 12000 马力，有深海作业绞车系统、探测系统、沉积物采集装置、地震空压系统；门架吊车等辅助装置主要包括：万米级 CTD 绞车系统 2 套及铠装缆 1 套、万米级地质绞车系统及钢缆 1 套、光电缆绞车 1 套、万米测深仪 1 套、12 通道沉积物柱状采样器 1 套、箱式采泥器 1 套、活塞柱状采泥器 1 套、地震空压机及大容量气枪 2 套、CTD 门吊 1 台、4 吨伸缩折臂吊 1 台、8 吨伸缩折臂吊 1 台。

船上的配置设施和科学家们带上船的各种科考设施、设备，通常都要由全体船员共同完成操作。全船一共有乘员 60 人，船员 30 人，科研人员 30 人。在整个航次中，大家相互支撑。他们说："当你累了的时候，看看其他人，然后就能坚持下来了。"这一点，周皓深信不疑。

"探索一号"离开三亚，在恶劣海况中航行了 4 天之后，进入了位于中国台湾岛与菲律宾之间的巴布延海峡，随后进入了浩瀚的太平洋。

第二章 鹿回头，望着深海

科学家的诗和远方，就是浩瀚的太平洋。周皓从东北平原、辽西草原来到天涯海角的深海所，此前，每一天都在忙碌中脚踏实地、运行不息的他，从来没有思考过“命运是什么”这个大问题，他更没有想到过个人命运会有这么大的跨度。一个钳工，能对海洋科学和工程做点啥呢？周皓带着疑惑，想让山顶上深情回眸的鹿，告诉他一个答案。

1

那一年，36 岁的周皓做梦也没有想到，命运会有这么大一个跨度的转折，从东北的辽宁来到海南的三亚市，从一个因资源枯竭而逐步衰落的煤矿企业进入中国顶级的科研机构。这个科研机构就是中国科学院深海科学与工程研究所，大家简称其为“深海所”，科考船上的科学家、工程技术人员和船员的工装上，也简略印着“深海所”三个醒目大字。中国科学院及其所属的中国科学院大学既是科研机构，又是高等教育机构，担负着培养高学历人才的重任，是一所专业性很强的大学。深海所里在读的研究生很多，毕业后来所工作的博士、博士后包括海外博士，基本上成为所里年轻人的标配。对于自己没有在大学接受教育的经历，周皓一直觉得是人生的一大遗憾。虽然自己现在的专业水平和技能早已超过一般的技师，但没读过大学始终像缺了点什么。周皓想，今后得让自己的两个儿子好好读书，考上大学。

摩羯座的周皓，坚韧是他最强大的力量，负重登攀是他命定的方向。摩羯座的象征是海山羊，这个符号代表着世界中的终极和绝对力量。海山羊象征着攀登险恶的高山，横渡广阔的大洋，没有任何东西能够阻止它。他知道，只要不停地学习向上，一定会成为那只登上峰顶的大公羊。

2

深海所算是中国科研机构中比较年轻的，2011 年开始筹建，2016 年 5 月 10 日正式挂牌成立，由中国科学院和海南省人民政府、三亚市人民政府三方联合共建，位于中国海南省三亚市鹿回头半岛。这块地位置极佳，面朝大海，三亚湾尽收眼底，原本的规划是建公园，最后决定给深海所。其实这也给了胸怀“国之大者”的科学家们以压力，这么好的地理条件都给自己了，不干出点成绩，说不过去。

深海所正如民间话所说，出道即巅峰。

他们依靠深海工程技术与装备、实验平台和基础设施，结合所处的区位优势，开展相关深海科学问题研究。作为中国科学院在海洋科学与技术领域的顶级平台，深海所不仅开展与深海有关的科学问题研究，同时以深海观测方法与仪器设备、深海潜器技术、海洋资源开发与利用为主要研究方向，重点发展与海洋科学研究、深海开发结合密切的深海工程技术与装备，从装备、条件和设施上支撑开展深海科学和海洋工程的研究。

显然，深海所的成立是国家“发展海洋经济，保护海洋生态环境，加快建设海洋强国”战略部署的需要。而建设海洋强国，必须依靠科技力量，大力发展海洋高新技术。海洋科技实力是海洋强国建设的根基所在，必须坚持

周皓工作场景

把实现海洋科技高水平自立自强作为战略目标，努力突破制约管控、开发、利用、保护海洋的技术装备瓶颈，不断地开辟发展新领域、新赛道，不断地塑造发展新动能、新优势，形成加快建设海洋强国的强劲动能。海洋经济、海洋生态、海洋能源以及相关的国际发展与秩序的合作治理，都必须以科技为支撑。

深海所相继成立了“深海地质与地球化学研究室”“深海极端环境模拟研究实验室”“深海探测技术研究室”“深海地球物理与资源研究室”“深海信息技术研究室”“海洋环流观测与数值模拟研究室”“深海资源开发研究室”等专业性极强的研究机构。之后，它又成立了“深海视频技术研究室”。2015 年 6 月，研究所正式获得中编办批复，定名为“中国科学院深海科学与工程研究所”。

2021 年 4 月 27 日，深海所被全国总工会授予全国五一劳动奖状。2021 年 6 月 28 日，深海所党委被党中央授予“全国先进基层党组织”荣誉称号。2022 年 4 月，深海所的“深海勇士”号团队荣获 2022 年“全国工人先锋号”称号。

3

2016 年 3 月，36 岁的周皓来到三亚的时候，深海所的新址还要两个月才能正式挂牌和投入使用。这段时间里，周皓和一位同事每天坐公交车，到站后再走40分钟的路才能到达工地安装调试设备。一天下来，裤脚上、鞋上全是泥巴。周皓慢慢地知道了，深海所是最高端的科研机构，干的都是技术活、脑力活。但是很多时候，科学家们也得干特别辛苦的体力活，尤其是在远洋科考船上，不分专业、不分项目，人人都必须干体力活。

周皓并不是科学家，也不是某一个团队的科研人员。他是深海所工程实验室工程技术保障部的高级技师。整个工程实验室都是为了保障科研设施设备良好运行的。周皓心里明白，把这些设施设备保障好了，就是对深海所科研工作最好的贡献。

作为从大浪淘沙的时代大潮中涌现出来的一线技术工人的典型人物，周皓是党的十九大、党的二十大代表，他始终牢记着习近平总书记说过的话，功成不必在我，功成必定有我。

国内一些知名大学也设置了海洋研究机构，如清华大学（深圳研究院）海洋技术研究中心。北京大学、中国海洋大学、上海交通大学、哈尔滨工业大学、天津大学、大连理工大学、厦门大学、同济大学、中山大学、浙江大学、南京大学、山东大学、武汉大学、吉林大学、西北工业大学、东南大学、华南理工大学、国防科技大学等高校的海洋科学研究机构的科研实力也各有千秋。

2017 年 2 月 26 日傍晚，“探索一号”在航行作业中，与另一艘科考船相互劈浪而过，它是中国海洋大学的“东方红二号”。在千里之外遥远的太平洋遇上国内同行，科

周皓（左三）和同事们在一起

考队员们非常开心，隔船相望，挥挥手，互致问候。

你好，“东方红二号”。

你好，“探索一号”。

在周皓的招手致意中，隐隐包含了自己对两个儿子的期望。

第二章 故乡辽西

辽宁阜新，中华人民共和国成立以来的煤都之一，源源不断地奉献着能源，也奉献出一代又一代中国最优秀的产业工人。周皓一家都是行家里手。

1

东北人豁达而谦逊，常常把自己的家乡称为那嘎嗒，意思是地方。其实，东北地大物博，物产丰富，人杰地灵。辽西一带，即辽宁辽河以西与内蒙古、河北接壤的辽宁西部地区，大致包括锦州、朝阳、阜新、葫芦岛和盘锦的一部分。

按出生地来说，周皓就是阜新人，从小就在阜新长大，上学、工作，直到调到三亚之前，都在阜新没挪过窝。

阜新市，辽宁省辖地级市，距离省会沈阳 147 公里，位于中国东北地区南部、辽宁西北部的内蒙古高原和辽河平原的中间过渡带，清光绪二十九年（1903 年），在土默特左旗境由朝阳县析置阜新县，曾经是清朝皇家的牧场和猎苑。在中国的工业发展史上，它曾经扮演过举足轻重的角色，因为它拥有丰富的煤炭资源。

说起阜新市，不善言辞的周皓眉眼之间有藏不住的眷恋和自豪，“不只是煤炭资源，还是‘玛瑙之都’，出土的 65 吨的‘阜新玛瑙王’堪称世界之最；还出土过‘世界第一玉’和‘华夏第一龙’，又被称为‘玉龙故乡’；是契丹族的摇篮，文明的发端；还是武当宗师张三丰的故乡。”

阜新的采煤历史可以追溯到 19 世纪末。1897 年，一场突如其来的暴雨过后，当地人在穷棒子沟发现了乌黑发亮的露头煤。这个偶然的发现，成为阜新煤炭开采史的起点。从那时起，阜新的命运就与煤炭紧密相连。

中华人民共和国成立后，阜新成为国家重点建设的能源基地之一。整个城市的产业结构非常单一，就是煤炭开采和燃煤发电。这里有两个规模较大的企业：矿务局和发电厂。全城有一半的人口在这两家企业工作，收入稳定，待遇优厚。在那个年代，能在阜新的煤矿或发电厂工作，绝对是令人羡慕的“铁饭碗”，当然，工作也非常辛苦。

阜新的煤炭储量惊人，在其百年的开采历史中，累计生产煤炭 8 亿吨，发电量达到 3000 亿度。如果把这些煤炭装进火车皮，能绕地球整整 4.3 圈！这个数字足以让人惊叹阜新曾经的辉煌。

2

周皓家在新邱矿区。新邱矿区是阜新主要的产煤地区，自 19 世纪末开始发现煤炭资源，历经清末、民国、伪满洲国及新中国四个历史时期。最辉煌的时期为 20 世纪 60 年代，当时新邱共有三个国有煤矿，分别为新邱露天煤矿、新邱兴隆煤矿、新邱煤矿，年产量在 600 万吨以上。新邱矿区已累计为共和国建设开采煤炭 1.4 亿吨。

周皓的爷爷叫周锦，于 1931 年出生。在得知刚刚解放之后的阜新煤矿招工的消息之后，他走了七八天的路，来到阜新，被招进新邱煤矿。就这样，爷爷成了中华人民共和国成立之后第一代煤矿产业工人。这时候周皓的父亲刚出生不久，不到半岁。爷爷在阜新落脚后，也把家人从奈曼旗接到了阜新。在那一代工人中，周皓爷爷的文化程度算比较高的，能力强，能写会说，当了几年工人就提干了，被任命为采煤班长，管着七八十号人，还是在矿下。后来，周皓爷爷在井口做调度，年纪大一些就从生产一线晋升到

周皓工作场景

专职干部管理岗位。

周皓的父亲叫周振山，出生于1952年，初中毕业就下乡当了知青。在农村干了两三年，矿上需要工人，点招回城，子承父业，他也当了采煤掘进工。父亲在1979年结婚，第二年，周皓出生。周振山后来自考了大学，做过人事、宣传、人武、办公室等工作。那时候，能写宣传报

周皓在擦拭设备

道、领导文稿的人，就是厉害人物。周振山算一个。

周皓的母亲一家也是矿工，母亲还干过一年车工，跟钳工很相似，周皓家里的传家宝——一根擀面杖，就是心灵手巧的母亲的车工作品。母亲怀孕后厂里照顾，被分到托儿所工作。恰好到周皓上完托儿所。之后，母亲就被调到公司做管理工作，主要负责工资这一块，敲算盘，做计算，每个人的每一笔工资、福利、劳保都要计算清楚，那时没电脑，靠手工计算，很累人。母亲做工资、劳保这一块很有经验，很熟练，从未出过错，退休后被返聘又干了好多年。认真而精细地把工作做好，不能出错，也出不得错，不能多一分钱，也不能少一分钱，母亲的细致、精心，对周皓有着持久的影响。

跟父亲一同进厂的还有二叔，他当了钳工，技术很好，手把手地教过周皓。

周皓上学也是在厂里的子弟学校。上学期间，他很努力，成绩一直不错。一家人都在厂里，收入有保障，他又是独生子女，生活相对还算是宽裕的。只要父亲回家，必定有肉吃，“矿工嘛，常年在黑黢黢的地下拿命去刨食，吃了上顿不一定赶得上下一顿，必须吃好的。”这是周皓母亲的坚持。

虽然周皓能够感觉到家里并不缺吃少穿，但也深知父母工作的艰辛，柴米油盐，来之不易。三年级的时候，周皓就尝试着挣钱。他帮忙清理搬运矿渣土，一吨8块钱。父母都不同意，而他自己想去，爷爷也说试试看，可以让他知道吃苦耐劳是啥。周皓干了一天半，挣了10块钱。当然还得上学，周皓不可能一直这么干。一家人都是干活出身的，虽然有吃有穿，但都是汗水换来的。

周皓在工作中

3

那个年代，中国有一对特别的英雄模范人物——草原英雄小姐妹。两姐妹都是辽宁阜新人。她俩的事迹感动了好几代中国人，直到现在。2019 年庆祝中华人民共和国成立 70 周年的时候，两姐妹还被评选为 100 位新中国成立以来感动中国人物。周皓祖籍内蒙古，阜新人，与草原英雄小姐妹有着一脉相承的爱国、爱集体的英雄主义情结。小学、中学的教育，包含了润物细无声的草原味道，芬芳而辽阔，顽强又旷达，任何时候都经受得起暴风雪的考验。

周皓的性格偏于内向，能说，但不多说，内心倔强，受了委屈也不解释。上初中时有同学在下面搞怪，周皓也跟着笑起来，恰好被回头的老师看见，老师以为是周皓干的，就叫他出去，不准他上课。周皓初中毕业就上了矿里的技工学校，从此走上了职业技术的技工生涯。

人的职业命运很大程度上是受家庭、生活经历和社会环境影响的，就像模具的浇铸一样。父亲在井下干了 6 年多，周皓从小就知道父亲早出晚归，一直待在井下，回家就是一身黑尘，非常辛苦，也有风险。周皓在孩童时代就想过，要有更多的科学技术，让父亲他们这辈工人尽量在矿下的时间少一些，艰辛更少一些，让设备和技术干得更多一些。至少，自己长大以后要学会更多的技术，不能纯粹靠体力。人的体力毕竟是有限的，而科学技术才会有无限的力量。

“不能像爸他们那样。”周皓内心的意念渐渐地清晰。要解放他们，就要钻研技术，掌握技能，首先得自己解放自己。

周皓正在进行测量

第四章 钻劲是怎样炼成的

家传品质，一股子钻劲，一种不多言语的倔强，追求极致的精准，如果全都汇集在周皓身上，会发生什么？顶级钳工就是这样炼成的吗？

1

周皓之所以有所成就，没有秘诀，就是一股子钻劲。

周皓的钻劲是祖传的吗？好像也是。他家三代矿工，母亲的娘家也是一屋子矿工。阜新的矿工，就是挖矿、挖煤，为每家每户送去能源，尤其在北方，冬季取暖还主要靠煤。无数的煤矿工人，就像愚公移山那样，在煤层中一直钻，然后把钻出来的煤块运出来，分发到电厂、工厂和家家户户，还通过铁路运到祖国各地，甚至有一部分煤在秦皇岛装船，走海路运到上海、广东。

周皓的钻劲是与生俱来的性格特点吗？好像也是。明显的倔强性格，运动会跑步也非得争个第一，得了第二名都不高兴，父母还安慰他、鼓励他，说第二名已经不错了。他一心想着要实现某个目标，也不多加解释，心里特能装事儿。他上技校的时候，周末才能回家。母亲开心地看着儿子问：“想妈了没？”周皓不吱声。“问你想妈了没？”周皓急了：“想你我非得说出来啊。”“他就这么个人。”周妈妈说，“要是多生一个就好了，周皓有个姐姐，或者妹妹，也有个说亲热话的人。可惜那个时代，半个都不敢多生。”

周皓的钻劲是从学校教育得来的吗？当然也是。中小学教育对孩子的世界观形成和基本文化知识的积累最重要。上了技校，周皓更是明确了自己的努力方向，对技术的学习钻研到了痴迷的程度。如果对工件的结构没有弄明白，如果加工的工件没有达到理想的精度，他都吃不下、睡不着，直到自己觉得满意为止。

2

周皓微信名叫“摩羯”，表面平凡，骨子里“倔强”，本领超强，牢固地坚守着内心的信念，日复一日累积的钻研与精尖，注定了他的非凡。

周皓的钻劲助力他走上了钳工的最高境界，这并不是一件意外的事情。因为他太有钻劲，而且这股子钻劲似乎永不松懈。

周皓就读的技工学校，位于阜新市太平区海新路，创建于 1956 年，当时就是一所实力很强的学校，是首批国家重点技校。2004 年，经辽宁省人民政府批准为“阜新市技师学院”，是阜新矿业（集团）有限责任公司下属二级法人单位。这家学校的机电专业一直有很强的优势，现在已扩展为机电一体化、数控技术等专业，实用性、操作性很突出，毕业生比较受企业的欢迎，尤其在早期。

3

1999 年技校毕业后，19 岁的周皓被分配到阜新矿务局的总机厂。阜新矿务局早在 1949 年 1 月 1 日就正式成立了，也是阜新矿业集团的前身。矿务局下辖八大矿区，周皓家所在的新邱煤矿就是其中之一。

阜新矿务局的成立比中华人民共和国还早（东北是全国最早解放的大区），是共和国的骄傲。1953 年 7 月 1 日，当时世界第二大、亚洲最大，我国第一座机械化、电气化、现代化的大型露天煤矿——海州露天矿正式投产，掀开了我国煤炭工业历史电气化采煤新篇章，开启了阜矿半个世纪的辉煌。1954 年中国邮政发行的纪念邮票，1960 年第三套人民币五元背面图案，都选用了海州露天矿电镐采煤作业的场景。一枚邮票，一张纸币，让年产超千万吨的阜矿声名远播，稳稳跻身全国四大主力煤矿行列。

总机厂有七八个车间，周皓被分在电机车间。每天上班都是一身油污，埋汰得很。但周皓没有怨言，觉得手上、身上沾满油迹，那是再正常不过的事情，咱不就是干这个的吗。有些青工受不了，坚持不住，离开了电机车间，转去别处了。周皓则坚持到了最后。师傅们都满意这个小伙子，主动地教他各种技能。周皓对师傅们也都非常尊敬，早上上班最早到，做好了各种准备，如打扫卫生、整理物料，包括师傅们喝的热水也会提前打好。

4

在车间，周皓的主要工种是钳工，跟钳工有关的各种技能，他都很用心地学习。

钳工是机械制造中最古老的金属加工技术。其基本技能很多，主要包括画线、錾削、锯削、锉削、钻孔、扩孔、铰孔、攻螺纹和套螺纹、矫正和弯形、铆接、刮削和研磨、装配等。所有这些工艺都是在金属之上进行的。此外，钳工还要对机械设备进行维护、检查和修理，确保其正常运行。

当好一个钳工，需要熟练地运用多种工具，最基本的当属钳工的各种量具和钳工工作台；还需要了解各种机加工设备，车床是常用的设备之一。除了车床，还有铣床、钻床、镗床、磨床以及先进的数控设备。

每一种技能、每一种工具，都需要经年累月的练习才谈得上熟练。周皓在车间练，在家里也练，至今阜新父母居住的家里还保存着他练习用的自制工作台。

周皓的师父很多，第一个是他的钳工二叔。二叔教会他画线、制图等最基本的技能。在厂里，周皓有两个主要的师父，也是签约师父，王长德和秦国富。两位师父对于

周皓在打磨设备

收了周皓这么一个用心、肯干的徒弟，也是满心欢喜，更是手把手、心过心地教。

王长德也是一个少有的、特别用心的优秀钳工，他的工作心得和技术要点都记在笔记本里。在王长德眼里，周皓实在太适合做钳工了。王长德把自己多年来的心血结晶而成的笔记本，像传家宝似的交给了周皓。无疑，周皓得到了师父们的真传。

不仅是两位签约的师父，手把手教过周皓的起码有30个人以上。所谓工匠之“匠”，一定是那个领域的集大成者。周皓愿意学，就有人愿意教他，这是他的幸运，也是老工业基地淳朴厚重的积累。

5

阜新是老工业基地，在产业工人队伍建设方面有丰富的经验。厂里、局里（矿务局）、市里、省里，每年都会举行职业技能比赛。钳工大赛当然是最大的项目，也是竞争最激烈的项目。在当地，每一次大赛，都有着古罗马竞技场般的热闹和壮观。

钳工技能大赛的主要内容和项目包括理论知识比赛和实际操作比赛两部分。理论知识比赛一般是闭卷考试，占总成绩的30%。最精彩的是实际操作比赛，占总成绩的70%，以手工操作为主，主要比赛内容是零件加工过程中的技能操作水平、工（量）具的使用及安全文明生产规范。

在比赛现场，是骡子是马，当场就看出来了。例如，复杂相配件（结构和几何形状都比较复杂的配件，加工难度大）的加工：锉削作业，要求尺寸、形状、位置精度达

周浩在根据图纸测量设备尺寸

到 IT8，表面粗糙度达到 *Ra*1.6；铰孔作业，孔径尺寸、形状、位置精度达到 IT6，表面粗糙度达到 *Ra*1.6；钻孔作业，孔径尺寸、形状、位置精度达到 IT92。还有一些机械部件的装配与调整，是为了考验参赛选手的动手能力和机械专业知识综合运用能力。

现场比赛结果的评定有非常明确的指标，谁做得好，谁做得更好，很容易评比出来，没有谁能够蒙混过去。

周皓的钻劲一上来，十头牛都拉不住。准确地说，周皓的钻劲一旦开启，就再也无法停息，没有人能理解，他内心里恒在的那股子停不下来的钻劲来自哪里，只简单地判断，“他就是着了魔”。

阜新市里年年都组织技能大赛，周皓都会报名参赛。第一次参赛时没有拿奖，周皓心有不甘，明明自己做的工件那么好。但规则就是规则，做工十分漂亮，却过度追求完美，浪费了时间，超时了。接下来周皓又参赛，他终于找到一种时间与精工细作的完美结合方式，获得第二名。

对于厂里来说，那么大一个市，那么多产业工人，周皓能在市总工会的竞赛上获得第二名，已经很优秀了。但是，周皓并不满足。他暗自下决心，一定要获得冠军。当时市里规定，第一名就会由技工晋升为技师，并且可以获得市“劳动模范”的称号。周皓倒不是冲着“劳动模范”称号去的，他就是想做到最好，做到极致般的最好。果然，之后，他连续两届比赛获得了第一名。如果说获得一次，可能有运气的成分，而获得两次，就完全靠技术，靠功夫了。

著名作家路遥说过，只有具备初恋般的热情和宗教般的意志，人才可能成就某项事业。在别人眼里早就“着了魔”的周皓，和这个世界上所有的成功者其实并无二致：天赋的热爱 + 专一的“琢磨”。

6

周皓的钻劲和过硬的功夫是从哪里来的？这跟运动员的水平与成绩一样，是靠超强度的训练积累起来的。

周皓上班从来都是早到 1 小时，除了打水、扫地等日常勤务，他利用别人还没有到岗的时间抓紧练习。对工具的熟练掌握、对各种金属质地的研究，手力、臂力、腰劲、站功的协调发力，想形成精准的手感、眼感，全都要在千万次的练习中沉淀。

周皓中午从来不休息。他从家里带了盒饭，加热后匆匆吃完，稍事休息又接着练习。为了不影响别人的午休，他就把工作台搬到室外。北方的冬天室外很冷，但周皓全身都在忘我的运动状态中，反而身体发热。就这样，周皓对工件平面、切面、角度等丝滑细腻的手感，在每天达到3小时，1万次的挫、削练习中，凝练而成。

每周一到周五，周皓上班、练习。周六、周日，除了在家练习，周皓大多数时间会去图书馆或者书店看书。钳工是技术活，也是知识智慧活，没有理论知识的垫底，可能是瞎忙活。

当时，书店有一本《钳工实战演练》，非常好。但周皓收入不高，就算评上了技师、市级劳动模范，也只是多出二三十元钱，而这本书的定价却高达108元，周皓印象很深。他舍不得买书，就抄书。于是，周皓每次去书店都抄这本书，还有很多图案，也得画出来。书店的服务员认得他了，每每用异样的眼神看他。直到有一次，周皓再也找不到这本书了，问服务员，服务员说："你光看不下手，人家敢下手的人买走了。"那语气，多少有些暗暗的嘲讽。周皓悻悻然，失望而归。

在市里拿了"状元"后，周皓就被推选到省里和东北大区参赛。赛场大了，竞赛也变得更加激烈。2013年参加省里举行的比赛，集中训练了36天，周皓获得第七名。排名未达到预期，虽然排名进前十了，也拿到了省里竞赛的裁判证书，但周皓仍感失落。周皓依然憋着一股钻劲。

2013 年，公司送周皓到沈阳金杯技师学院培训。12 月中旬的时候，天气很冷了，学校马上就要放假了。周皓利用这段空当，把自己封闭起来，突击训练。招待所空空荡荡，还没有学员，也就没有供暖。周皓跟管理大爷商量妥了，给他打开了走廊，他找了一间向阳的房间，垒起了好几层床垫子、被子，一住就是半个月。天天训练，天天出汗，又没有热水供应，周皓只能用冷水洗漱、冲澡。他的头发很快结冰，根根冰丝在他头顶上竖着，像刺猬刺一样扎眼，把看门大爷都吓了一跳，斥了他一句：“你现在不生病，老了也会风湿痛，不知冷热的家伙！”

学习、训练、竞赛，最终都要落脚到工作岗位上，把自己的技能转化为实际的生产力。参赛，拿奖，一直是周皓的梦想。有时候，梦想太深，也是魔咒。周皓渐渐懂得了更多，企业培养自己，并不只是为了参赛。于是，周皓觉得，该退出就得退出。回到企业，为企业创造价值，这才是更大的目标。

那些年，周皓通过自考分别拿到了机械制造专业专科和本科两个大学毕业证书。通过多年的学习和刻苦钻研，周皓积累了丰富的工作经验。为满足技术革新与技术改造及机电工作的需要，除了钳工专业，他还熟练掌握了车、铣、镗、刨、磨、焊等技术，并能对其设备进行维修和常用易损件的加工制作。经过努力，周皓很快成长为厂里的一名生产技术骨干，结合生产实际需要，先后创造技术革新成果 125 项。通过对多项现场工作流程进行技术革新与技术改造，不但节省了工序，提高生产效率 3 倍到 5 倍以上，而且使产品合格率达到 100%。他设计的托辊卷边机成功申请国家实用新型专利，提高生产效率近 40 倍，卷边后的托辊圆角大大优于以往的卷边效果，使运输机胶带使用寿命提高了 30%。这些成果为企业创造价值 5600 多万元。

从痴迷争第一的“比赛型选手”到痴迷技术革新、节能增效的产业技术升级换代的“领跑人”，悄然无声地转变之间，周皓从青涩到稳健，一点一点地与内在的自己和解，一步一步地在转型时代的洪流中站稳脚跟，扎根黑土地，以青春、热血和信念，奉献使命与担当。

7

2007 年、2013 年，周皓两次荣获辽宁省阜新市“市长杯”职工职业技能竞赛“钳工状元”，同时荣获市“劳动模范”和“首席员工”称号。2014年，获得全国五一劳动奖章。2015年，成为全国劳动模范并荣获“辽宁省功勋高技能人才”称号。作为阜新发电公司培训的钳工选手，参加东北电网职工职业技能竞赛，荣获团体第一名。以“技术状元”名义参加阜新市总工会组织的“送技能到岗位”活动，深入多家企业，手把手地传授技能，受益职工千余人。通过开展校企合作等多种形式的技能培训（培训受众2000余人次），为职业院校青年技能人才的知识拓展、技能提高提供了强有力的支持。

在厂里，作为钳工，周皓干得最多的就是模具活儿。模具是工业生产中不可或缺的工具，用于制造各种形状和尺寸的工件。模具的质量和性能直接影响到产品的质量和生产效率。模具制造技术在钳工加工中扮演着重要角色，广泛应用于汽车零部件、电子零件、塑料制品、金属制品、建筑材料等多个领域。且模具的种类很多，如冲压模具、注塑模具、压铸模具、挤出模具和镶嵌模具等。

有一次，周皓所在的阜矿集团机械制造公司接到了一个项目。周皓研究模具项目图纸时，发现客户交付的图纸尺寸有误，于是反复验证，得出了精确的尺寸，为客户节省了很大一笔开支。如果没有发现这个问题，按照图纸来

周皓工作场景

周皓在工作中

做模具改造，这一批产品就全都不合格。

在厂里，周皓对产品加工精益求精，干完工作之后，他都要认真复盘，进一步总结有没有更好的方式和路径，并且改革工具，进行创新。虽然高要求的工作过程无聊而枯燥，但干完后又有成功的喜悦。付出得多，才可能收获得多。周皓作为高级技工，设备修理员的工作也干，不是等他们有了人手才做，因此每年都为企业省下不少设备维修费。周皓成了车间里的多面手、技术带头人，并带动了年轻的工人学习技术、钻研技术。

应该说，那些年，头顶光环越来越多的周皓是孤独的。他是踏着黑土地上煤矿产业最后的辉煌进厂的那一批产业工人，他像海绵吸水一样厚积了前辈们留下的技能、经验、理想、信念和几乎所有的精神财富。然而，辉煌过后，落寞的时代大潮席卷整个东北老工业基地，不可抗拒的颓势，让所有的识时务者纷纷逃离。另辟蹊径的时代节点上，和周皓一起进厂的技工学校的师兄弟，开始还有一两个跟着他一起比赛一起革新，到后来无一例外地全部撤退，转行挣钱养家。周皓这个“固执的家伙”，又毫无保留地选择了成为“寒潮”来袭时，隆冬的枯树上最后一枚在寒风中摇曳坚守的叶。寒来暑往，饱经风霜，这枚拒绝辞树、迎风逆行的叶，渐渐成了吸附在树上的铁，和树融为一体。

第五章 转身，岂敢奢谈华丽

时代急速变化，周皓跟他所在的城市、企业一样，都来到了转型的路口。有时，转变是迫不得已的选择而非主动为之的结果。让周皓心怀感激的是，时代留下了可遇不可求的机会。

1

阜新整个城市的产业结构非常单一，就是煤炭开采和发电。这是优势，也是短板。这是强项，也是制约。世间万物的存在和演进就是这样好坏并存，祸福相依。

再丰富的资源也有耗尽的一天。为了国家的发展，阜新不遗余力地开采煤炭。到了20世纪90年代末，阜新的煤炭资源明显走向枯竭。2001年12月28日，国务院正式将阜新认定为全国第一个资源枯竭型城市。那座曾经印在邮票和人民币上令人无比骄傲的海州露天煤矿，在2002年申请破产，最终留下了一个深达300多米、方圆10平方千米的巨大矿坑，看上去就像一眼望不到边的外星球天坑。

2

周皓家所在的新邱矿区更是如此。当初开采得有多么猛烈，后来就会有多么衰竭。在完成其历史使命的同时，露天开采也给新邱留下了长5000米、宽3000米、深100米的矿坑，还有两座高达40米、占地700公顷的矸石山，以及4亿立方米煤矸石。显然，生态破坏很严重，修复起来很困难。

整个阜新市，整个阜矿集团，连同周皓本人，都面临着转型。转型，谈何容易，怎么转，朝哪个方向转，过去的负担怎么消化，未来的投资资金从哪里来，全是很不确定的问题。

2015年，35岁以前，出道即巅峰，一直自信满满、一直是技工“标杆”、一直是“钳工状元”的周皓，陷入了前所未有的困境。

企业效益不好，收入不高，每月工资不到1000块钱。那时在阜新，乃至辽宁省，周皓已经很有名气了，职务上是高级技师，也就比一般技工多出几十元钱。这时候周皓

周皓在打磨设备

已经结婚，岳母重病住院，在沈阳医治，他得来回跑。孩子降生，没想到竟是双胞胎儿子，他一个月的收入还不够买奶粉。对于独生子女的周皓而言，双胞胎儿子的降生，无疑是命运的馈赠。然而回忆过去，周皓竟然说出了令今天无数“80后”难以置信的往事，他和妻子结婚多年得子，自然是喜上眉梢，可B超刚开始并没有显示是双胞胎。但随后医生告诉周皓，他要补交一份B超费用，也就是还要交二三百元。那一刻周皓停住了，二三百元在别人可能不当回事，但他真的没有多余的钱了。周皓一声长叹，作为一个准父亲，一个即将成为两个儿子父亲的男人，他陷入了毫无准备的困境。夜深人静，望着产后虚弱无奶的妻子和两个嗷嗷待哺的小娃娃，他十个手指头伸出来又缩回去，任凭自己怎样掐算，也是不够花销。妻子是护士，产后不能上班，收入有限，自己的月收入就1000元，一个孩子一个月完全靠奶粉喂养起码要4—5罐奶粉，两个孩子就是8—10罐，一罐奶粉按照300元算，每月怎么也要用到2400元到3000元。他没有想到一向自负的自己竟然会陷入现实而紧迫的命运旋涡一筹莫展。忍不住的时候，他冲出产房，靠在过道尽头的墙壁下，痛苦地流泪，哭自己无能，哭对不起新生的儿子，可又不能出声，生怕惊扰了虚弱的妻子。那一刻，是他一生的至暗时刻。

周皓父母也在企业，退休金虽不高，倒是可以接济他一点儿。但周皓很“爷们儿”，觉得这么大了，还要父母的钱，很惭愧。况且，父亲还患有脑出血，虽然不是很严重，但也必须常用药物维持治疗。周皓也知道，困难的

周皓在进行理论学习

不仅是自己一家，二十几万人的集团裁减到只有三四万人了，能留在企业已属不易。

周皓曾有一个很不错的机会，北京一家大型矿务企业知道他的本事，意欲把他挖过去。待遇也很好，薪酬高，还给股份，先签10年，满5年在北京分房，还帮助妻子安排工作。周皓一家有些动心。但是，周皓总觉得自己是企业培养的，如果这么离开企业，于心不忍，似乎还有些背叛的味道。自己和父辈、祖辈，都是矿上的人，这几代人都有一个共同的情结——国家，说得诗意一点，就是家国情怀。企业是国家的，国营的，国有体制。去民营企业，也可以叫混合体制，心理上这道坎总是翻不过去。想想自己参赛，获得冠军什么的，其实都是厂子里的领导、师父和工友们的大力支持，大家把最好的工具（比赛要自备工具）、训练中最好的材料都给自己了，比赛期间、集训期间的工作也由大家分担了，如果没有大家的支持，怎么可能顺利比赛，又怎么可能取得好成绩呢。

周皓最终放弃了这个机会，很多人都觉得可惜，但他并不觉得后悔。

3

也许，生活中暗藏的天意是大海的呼唤，虽然周皓并没有听见，甚至没有梦见过。

2015年末，辽宁省委组织部安排了一次高级专家的休养考察，地点就在三亚。

哦，三亚，想起来了，周皓听过这首歌，“请到天涯

周皓正在测量产品尺寸

海角来，这里四季春常在，海南岛上春风暖，好花叫你喜心怀。这里……”

周皓作为全国劳动模范和省里的专家型人才享受到较高的待遇，参加了三亚之行。一同参加的还有中国科学院沈阳自动化研究所的领导（院士）及其夫人。院士夫妇比较年长，行动不那么敏捷了，有时跟不上趟儿，周皓就帮助他们背背行李。

回到沈阳，双方互道一声再见、保重而分别。不久，周皓接到电话，说是中国科学院深海科学与工程研究所需要引进人才，院士夫妇推荐了他，让他递交材料。

周皓纳闷了好久才反应过来是怎么回事。周皓一直犹豫不决。这种转型跨度太大，不管是工作地域还是工作性质，从东北到海南，从衰退的企业到国家顶级的科研机构，不知道是怎么一种转身。他只知道，如果到深海所，还是干钳工。这倒让他稍稍感到了一种踏实。他对自己的钳工技艺是有信心的。

犹豫中，院士夫妇作为推荐人都有些急了，打了好几次电话催促，说：“你这么大个小伙子，磨磨叽叽的，科研所不也是国家的吗，企业重要，科研工作更重要。”

周皓想通了，于是递交简历，等面试通知。面试的时候，周皓说：“如果有工具，我可以现场演示。”评委相信他的陈述，更相信那一堆证书、奖状的含金量。尤其是署名中共中央、国务院的“全国劳动模范”称号证书，谁敢不信啊。在面试者中，周皓全票通过，并且几乎是当场决定让他尽快办理入职手续的。

周皓正在打磨设备

回想起来，周皓依然惭愧，落泪无声。当时的他成日里正为两个大胖儿子的奶粉钱愁得搜肠刮肚，从辽宁去三亚面试，来回机票五六千元，钱都凑不齐。深海所领导表示，不管最后录用与否，原单位放行不放行，都给他报销机票费用。

4

要人难，放人更难。以周皓的全国劳动模范和高级人才地位，企业肯定不会轻易放行的。虽然夹在中间很难受，但周皓既然决定了加入深海所，那就坚定而不犹豫了。其实那时候企业上上下下都明白，周皓是去国家最亟须的单位，企业不景气，又不放人，没道理。还好，这时候恰逢企业领导交流，换了新领导。新领导更有大局观，同意了周皓的调动。

既有对过往的怀念，又有对未来的期待；既感恩老单位的培育，又想报答新单位的知遇之恩。这个大跨度的调动，对周皓来说，绝不是什么华丽转身。周皓明白，这是一次从未有过的感情纠结，是突然爆发的选择困难症，更是一次残忍的离别。脱离生于斯长于斯的故土，去往终日面对的苍茫大海，叫这个三十多岁的小伙子，怎么不内

周皓工作场景

周皓在深海所工作中

心忐忑？也许只有再上了钻床、钻台，双手稳稳地托起工件，面对需要精心护理的装备、设备，他的心绪才会收回，心里才会踏实。

第六章 马里亚纳：挑战者深渊

马里亚纳海沟，真的不仅仅是一条沟而已。有人说，那是通往地球内核的唯一通道，从未有人进去过，连神话传说都没有。

1

从三亚湾出发已经5天了，“探索一号”科考船还在航行。

2017年1月20日，是传统佳节“小年”（腊月二十三）。

船上的食堂里面正在组织包饺子活动。这可是周皓的绝活儿，只要是动手，他都如同钳工一样拿手，每张皮擀得厚薄均匀，不软不硬。他做起活来就不怎么晕船了。人们都在为过春节做准备，其实大家明白，这也是在为即将到达目的地开启科考项目做准备。

为什么不等过完春节再出发呢？前一次科考才是半年前，这个航次之后还要紧接着安排一个航次。这也太密集了吧。因为在太平洋马里亚纳海沟进行深海科考，各种项目是一个整体，一次做不完，有些项目还有连续性，比如这次布放下去的设备，需要在海底持续工作一年半载，到下一个航次才回收。并且，科考涉及相关海域国家，需要国家层面进行外交协调。有关国家已经开始对我国的深海科考表露出不信任的态度，今后协调起来会更加困难。所以必须抓紧安排考察行程。

"探索一号"按照既定航线，就要抵近马里亚纳海沟了。

两百年来，人类一直在寻找地球的最深处。最终，他们把目光集中在了马里亚纳海沟。如果把地球最高峰珠穆朗玛峰放在海沟中，还完全填不下，离海面仍然有两千多米。

马里亚纳海沟，中国科考队又来了。永恒的黑暗，诡异的地貌，神秘的深渊生命，中国科学家将会揭开你的面纱。

2

在晕船的迷糊中，似睡非睡，周皓的思绪已经到了深渊。听科研团队中的年轻科学家说，海洋污染比较严重，

周皓（左一）和同事们在一起

海洋最深处已经发现垃圾，深海的生物体内也发现了塑料残留物。

周皓大体上知道一些研究马里亚纳海沟的重要性，只是他不能像地球物理学家那样很专业地讲述出来。例如，虽然马里亚纳海沟中每年消失的几十亿吨海水相对而言算是很少了，但是海水消失的发现仍然具有非常重要的科学意义。这个发现证明了海洋深处也存在着非常丰富的生态环境和生物群落，这些生物对于海洋生态系统的稳定和生态平衡都非常重要。

冥冥之中，周皓感应到了某种连接，让他的思绪在深海里穿越。他知道，自己祖孙三代都是挖矿的矿工，有朝一日，陆地上的矿不能再挖了，恐怕只能到海里来挖。现在不是已经大规模开采海上石油和天然气了吗？

深海所的强项是地球物理研究，周皓来到所里之后，也自觉地补充了一些相关知识。他知道，马里亚纳海沟还具有非常重要的经济价值。由于海沟中富含矿物质和化石资源，因此它是地球上最重要的深海矿产资源密集地之一。其中，最重要的矿产资源之一是锰结核，它是一种富含锰、铁和其他金属元素的矿物质，被广泛应用于钢铁、电池、化工和其他工业领域。据估计，马里亚纳海沟中的锰结核储量为40亿吨，这是全球锰结核储量的近一半。

除了锰结核，马里亚纳海沟中还有其他的矿物质和化石资源，如铜、铅、锌、金、银、稀土元素和石油等。这些资源对于全球经济和工业发展具有非常重要的意义，因此马里亚纳海沟也成为全球深海矿产资源研究和开发的重要对象之一。

3

一个航次，68天。在日日夜夜与大海和星空的沉浸、融合里，周皓感觉包裹自己生命的皮囊，正被看不见的魔法之手一层层地揭开，他感到不可名状的清醒与混沌，撕裂与复合，温柔与冲动。他常常莫名地感到眼里正汪着一眶深蓝的水，一阵阵地滴落，满脸温热，那不是泪水，其实是最深的海。

周皓知道，这个蓝色的星球运行在宇宙的魔法中，地球上所有的陆地都曾被海洋覆盖，现在的山就是过去的海，地下的煤是曾经古生代遮天蔽日的植物，它们在高温高压下结晶，在地壳运动中被掩埋和搬运。那时候，海洋对从小在东北平原生活长大的他而言，是那么遥不可及，而这一刻，他似乎在海洋的深蓝里，觉醒了前世今生的累积。

周皓（右一）正在进行海上作业

周皓在中学的时候是学过地理的。煤矿企业的技工学校，基础理论中也要学习地层结构之类的内容。他知道地理上有海洋最深处。但是，他从未想过要来到这里，而且还要多次来，来一次就是好几十天。对中学时代或者技工时代的周皓来说，马里亚纳海沟是一个天方夜谭般的存在。

周皓在会上听本航次首席科学家包更生说："这次的

考察重点是9000米到11000米深，我们想看到这个层面有没有海洋生物，它们是怎样生活的。”但是，谈何容易。深渊之门不会轻易打开。水压会把任何不够强大的潜水器压扁。超过10千米深的水体，考验着深海工程技术的极限。

周皓想，或许我们就要揭开马里亚纳海沟的神秘面纱

周皓（左一）和同事们一起作业

了。中国科学家将要打开那片深邃莫测的蔚蓝深渊，应验历来各国科学家们心中难以割舍的探索梦想，让太平洋自己诉说着地球深处的无尽秘密。这会让人们懂得生命的最初起源为什么是海洋，因为我们即将看到，在黑暗如同永恒之夜般深邃，海水冰冷刺骨，含氧量稀薄至极，食物资源更是匮乏到令人难以想象的极端恶劣的环境下，却依然存在令人叹为观止的生命奇迹。

这些生物，它们是深海中的精灵吗？以惊人的适应能力在高压、低温、黑暗的环境中顽强生存。它们的眼睛会像夜空中的繁星吗？闪烁着微弱却准确的光芒，能够捕捉到一丝丝微弱的光线变化。它们是深海中的舞者吗？身体柔软无鳞，在高压的束缚下展现出优雅的姿态。

4

“探索一号”即将达到预定海域，船速慢下来，周皓的晕船症状有所缓解。运动物理学说过，物体运动得越快，越可能晃动，控制晃动的力量必须越大。

按照规定流程，需要再次检查设备。看着这些装备、设施，周皓倍感亲切。很多是在他的工程部组装、维护、测试过的，尤其是压力测试，属于必检、必过项目。因为

周皓在工作中

一些大型装备都是由各个厂家供应某一部分，部件供应厂家有时有 100 多家，所有部件到深海所由科学家和工程师们组装集成，工作压力大，要求高，所以必须充分熟悉整个设备的功能以及各个部分的分解功能。周皓在来深海所之前的阜矿集团机械厂，都是面对陆地设备，现在是海洋设备，二者区别很大。更重要的是，以前的设备大多是通用性的，而现在的科考设备几乎都是独特性的，因为每部分都有特殊要求，没法通用，很少有标准件，都要定制、专用，所以很多情况下都是首件加工，手动安装，手动维护。

第七章

给地心拍X光

地球最深处，谁也没有见过是什么样子。地球物理学家特别想知道其剖面的模样。绵延一千多公里，几十套设备从地心开始扫描。然而，关键时刻，仪器全都打坏了，必须全船动员，周皓带队紧急抢修。

1

这次深渊科考最繁重的任务是连续布放 43 套海底地震仪，再利用气炮制造人工地震波，最后回收海底地震仪。

这是我国科学家历经数十年的研究成果，它们将沿着一千多公里的测线被布放到海底，获取海底地层深部的剖面数据，找到最深断面的地质成因。这是个史无前例、雄心勃勃的计划。

2017 年 1 月 24 日中午，午饭时间。因为晕船，周皓吃不下饭，肚子里的胆汁早就吐干净了。他走到潜器间里面坐下来，养精蓄锐，之后又走去甲板上查看。

“43 套海底地震仪都安装调试完毕了，马上就要开始布放了。它们用承受 2 吨拉力的张紧带牢固地捆绑在甲板上。”周皓和船上所有队员一样，放心不下这些设备。然而，云谲波诡的海上作业，常常是担心什么，就来什么，快要到布放海域了，一个突发的险情，带来了一场超常规、超极限的大挑战。

一排巨浪，以前所未有的高度和烈度，从左舷凶猛地扑向甲板，将甲板上摆放整齐并且用坚实捆扎带挨个固定好的 43 套海底地震仪一齐打翻。高出甲板 10 米的巨浪，直接砸在那些马上就要布放的海底地震仪上，直接绷断了张紧带，43 套海底地震仪从左舷被推到右舷，所有设备瞬间散架，像被肢解的残体，撞在一起。

这一幕正好发生在周皓眼前。“我第一感觉就是糟糕，会不会有设备被打到海里了？不知怎的，这时候没有感觉到晕船了。”剧变中，沉睡在周皓体内的应急系统立马启动，他终于摆脱了持续几十天的头胀欲裂、生不如死的晕船反应，虚弱的身体迅速复原。他以冲锋的速度跑到餐厅喊大家出来，又立即去驾驶舱，让指挥室呼叫，“快查看有没有装备被打到海里了”。接着，他又通知专业同事检测设备的损坏情况。大家都立即放下碗筷，跑到后甲板，看到那些歪七倒八的设备，不少人当场就哭了。已经到了布放点，一代又一代科学家积累了多少年，一个又一个深海航次，准备了多少天，就差这最后一刻下水布放了，节骨眼上设备坏了，还能用吗，谁都没底。

航次首席科学家包更生回忆说：“设备被拍飞了，43 套海底地震仪七零八落。大家立即抢救。甲板上一片忙乱，设备被全部收进库里。这对考察几乎是灭顶之灾。”

“大家全都开始搬运，两人抬一个设备搬到潜器间进行检测。我顾不得晕船体虚，立即投入紧急检测维修工作当中。

“经过检测，有几十个零部件被撞碎了，有一些没碎但撞坏了，也不能使用了。大伙儿分工协作，连续工作了 26 小时，把损坏的零部件通过手工加工，安装、调试，恢复并保障了这些装备的正常运行，保证了第一条测线的布放。这使我国成为世界上首个获取海洋万米级人工地震剖面的国家。”周皓回忆说。

就这样，科考队调集全船力量，经过整整一天一夜的抢修，设备全部修好了。

第二天，海况仍然恶劣。但包更生决定冒险强行布放。这就开始了本航次的第一次挑战。

被海浪打坏的主要是地震仪与耦合器的连接架构。耦合器像一个四角矮桌子，地震仪则固定在桌子上面，下沉到海底，完成任务后地震仪与桌子自动分离，利用浮力回到海面，科考船回收，导出数据进行研究。

几十台海底地震仪布放到海底，像是一长组听诊器，也像是医院的 X 光机，在海底最深处给地球做一次“体检”。这真是一个大工程，属于本航次科考任务的重中之重。

那一个航次共 68 天 1600 多小时，这 26 小时，只是过往的一个插曲而已。这对年轻的周皓，在生命的河床上积累了 37 年的一个钳工而言，是在工匠生涯里第一次面对着矗立在自己眼前的“国之重器”的高峰发起的一次平地起跳、酣畅淋漓的冲锋。所谓厚积薄发，即以前所有的积累其实就为这一刻，面对不曾有过的紧迫场面、混乱局

周皓（左一）在工作中

面，没有任何教科书或指南可供参考借鉴，唯一可靠的就是他的这一双经过千锤百炼的双手。凝聚的记忆，肌肉的记忆，关节的记忆，皮肤的记忆，经络的记忆，所有的一切都在这一紧急时刻，在他的身上叠加化合，合成一个如有神助的周皓。他不再晕船，不再虚弱，内在的自信让他满血复活。

一旁的所长，默默地看着周皓，陪伴着周皓，不发一言。所长是一个见过太多大风大浪的人，也是周皓最敬重的人，更是一个传奇的科学家，也是深海所的灵魂。没有零配件，没有物料，没有相应的工具，所长说："周皓，只要你不把'探索一号'船拆沉了，船上的任何物件，你都可以拆取。"所长的信任，给了周皓绝处逢生的信念与力量，26 小时不眠不休，一个山头一个山头地攻克，一个零件一个零件地拧固，一个部位一个部位地修复，确保了在最短的时间内，让这些缺胳膊少腿、折翅断羽、掉皮掉肉的国宝们，全部修复到位，重新站立起来，顺利地完成下水任务。而周皓，竟然没有趴下。在总结复盘的高等级会议上，曾经有人说过，执行这种等级的航次任务，负责保障的技术工人起码要 3 个人。而周皓的领导却说："我们不用，我们有周皓，他一个人能顶一个团。"

各种褒奖与美誉，周皓并不怎么在意，他最看重的是所长对他的评价。

在这个航次上，按照所长的想法，周皓改造升级了几个装备，忐忑地递给所长看。所长接过来，举起来在天光下看，推开眼镜埋着头看，却不发一言，若有所思，转身拿着周皓的作品走开了。所长是大科学家不假，但不一定懂机械模具加工啊，周皓更加忐忑。

当晚是周皓值班，所长扶着船舷走过来和他聊天，旁边的人都惊讶地抬起了头，纷纷走开了。一向少言的所长，怎么会主动和一个钳工聊天？

所长问：“周皓，你为什么来到深海所？”

周皓说：“中国科学院是很多人梦寐以求的地方，但是我从没想过要来这里工作，家乡再怎么样毕竟是生我养我的地方，企业再破，毕竟不计成本地培养了我，要不您也不可能要我。您和深海所在我们全家最艰难的时候收留我，我感谢您和深海所。我虽然只是一个工人，但我也懂得感恩，我能回报深海所的就是用我掌握的技能，保证我们自己研发生产制造的深海装备正常安全地运行。”

那个风平浪静的夜晚，周皓和所长在甲板上聊了很久，在此前，所长对周皓过往的了解还是一张白纸，那个夜晚，除了星辰大海，就是所长与周皓。伫立在星辰与大海之间，所长对他说：“周皓，你是我的最佳搭档。”

2

布放是个体力活，不管是大型设备还是中小型设备，虽然船上有吊车、吊机、卷扬机等设施，但是每一次吊装布放以及回收，都必须多人合作，人机协同才能完成。

科学家和工程师们要穿越马里亚纳海沟的最深地带，

周皓（右一）在工作中

沿着两条平行线，来回 2000 多公里，布放地震仪，这是一个漫长而艰巨的工作。回收的时候，大家还要一个一个地发现、打捞上来。

布放工作是连续的，不能中断，只得连夜作业。夜晚，海上的条件更恶劣。6 人一组轮番作业，连续 50 多小时不停歇，定位、起吊、投放。

周皓说：“这就是传说中的惊涛骇浪，而我们必须连续作业。”

2017 年 1 月 25 日和 26 日，海底地震仪布放作业持续了两天。在地球物理学家丘学林的职业生涯中，从来没有在如此困难的海况下开展过地震仪的布放作业。船员也轮班，保证“探索一号”在规定的探测线上航行，不能偏离航向，两天两夜完成了 430 海里 43 套海底地震仪的布放。

周皓则基本上全程跟班，间或稍事休息。作为船上唯一的钳工高级技师，周皓还取得了吊装作业证。要把设备吊起来，转到海面，稳稳地抵近海面，脱钩，下沉，一连串的作业，丝毫不能出错。

等布放完地震仪，已经是 2017 年 1 月 27 日，大年三十了。

3

第一个阶段，科考队已经布放了 40 个海底地震仪，第二个阶段就是放炮作业。

航行了 1000 多公里，母船不断地向海底发炮。终于放炮作业完成，下一步就要回收海底地震仪了。气枪回收完毕，船只开始掉头打捞，队员们将其叫作“捞球”。

科考队员们把换能器放下海里，它会给海底地震仪发信号，接收到释放命令，地震仪就会脱离底座，上浮到海面。这个过程，必须盯紧信号和上浮进程，稍有松懈，地震仪漂远了就很难找回。

第一个“球”（海底地震仪），已经有反应了。每一个“球”都要追踪。4735 号回来了。打捞，是用一个带很大网兜的长杆，像捞鱼一样，将“球”捞上来。脱离底座后的地震仪轻了很多。

地震仪因为体积小，回收相对容易，但要重复回收 40 次，船员们总是在等待和打捞中往返煎熬。9589 号回来了，备车，打捞。

然而，顺利之中还是有意外，8 号“球”总是没有反应，再等等吧。等了 4 小时，不能再等了，丘学林决定放弃，后面还有 30 多个“球”要回收，不敢浪费时间。

做放弃的决定很痛苦，虽然这个决定不是周皓作出的，但是他的心郁闷得比海上阴沉的天气还要沉。毕竟是自己一个个修好的，放下去却回不来了。就像自己的孩子永远回不了家一样。

2 月 5 日，天放晴了，回收工作也顺利起来。整整一天，大家逐个回收。因为回收工作量大，需要大范围搜寻，所以所有的人都参与搜寻，大家都变成了“千里眼”。而且规定，谁发现得多还会受到奖励。

周皓就发现得比较多，这跟他一直做工程技术有关，视力不错，精准度高。如果不是晕船，他肯定是发现得最多的。

4

海底地震仪的回收进入尾声。1 个多月，深渊科考队员为我国自主研发的万米级海底地震仪完成了总长度 1059 公里的人工地震剖面测线，史无前例。

最后一个“球”捞上来时，让周皓与每一个科考队员的内心多了一份笃定，但也增添了更多的对未知与神秘的好奇，而人类生生不息的探索与发现的乐趣，莫不如此。

周皓（左二）工作场景

科学家得到了梦寐以求的珍贵数据。以后几年，这些地震波数据会经过复杂的运算处理而成为影像，地球最深处不为人知的秘密，会大白于天下。深渊科考队的艰难工作和付出，便是这一切的起点。

此外，本航次在马里亚纳海沟地区成功投放和回收了一台海底电磁场仪，投放深度2446米，成功获取了该地区的天然电场与磁场数据。这是我国首次在马里亚纳海沟获得的海底电磁场数据，为研究该地区地壳电磁场结构提供了依据。

虽说历尽艰险，最后毕竟大功告成。接下来的事，让科学家们回到陆地实验室里去研究吧。

甲板上，周皓看着打捞上来的几十台地震仪出神。这些自己亲手维修、参与布放下去又回收上来的宝贝，虽然自己不是设计者，但不知什么时候，它们已经如魂附体，成了他内心割舍不下的一部分。这些圆鼓鼓胖乎乎的家伙，看似不起眼，却是不断探索发现的人类深入马里亚纳海沟1万多米的“眼睛”。人类真的了不起，未来的海洋，他期望两个儿子可以更加有所作为，可以有所长一样的能耐。就要告别的时刻，他竟然眼含热泪，心里五味杂陈。这时，设计师团队的队友们举着五星红旗过来合影留念。周皓刚收拾完工具箱正准备离开，他天生喜欢清静，喜欢一个人面对，每到凯旋时分，他早已习惯做一个远离热闹，默默离开的人。但就在周皓转身的时刻，年轻的队友一把抓住他合影，那是他第一次在海洋上和五星红旗合影。作为一个党代表，他为自己是深海人而自豪，更为自己生为中国人而骄傲。那一刻，他们和五星红旗一起，迎着太平洋的海风，绽放出幸福的笑容，明亮的心情，像洒满阳光的海浪一样荡开去，去到遥远的天际。

周皓（右一）和同事们手持五星红旗合影留念

第八章 最有深度的生命考问

人类是不是总要问，我是谁？我从哪里来？最初，陆地上所有的生命都是从海洋进化而来的。假如地球生命来一次重置，会不会从马里亚纳海沟最深处的一只钩虾开始呢？

1

周皓还是懵懂少儿时问父母："我小时候是什么样子？"父母耐心地回答之后，他还是要追问："很小、很小的时候呢？”这其实是儿童自我意识“我是谁”的萌芽。

周皓参加的科考 TS-03 航次的一个重要使命就是探索深渊生命。探索深渊生命，寻找和分析地球生命的最初样态，是令人神往的重要任务。生命永远是谜一样的存在，在几百个大气压的海水压力下，接近结冰的低温海水中，会有生命吗？什么东西能够生存？靠什么生存？最好是能够从深海里取到生命的样本。按照科学的设计，着陆器能够承担取样的重任。

着陆器很重，小的都有 1 吨多重，其布放和回收，都是对吊装能力的考验。对于吊装技术，科考队很信任周皓。本航次一共携带了 3 台着陆器，“万泉号”“天涯号”和“原位实验号”。

还是在大年三十这一天，2017 年 1 月 27 日，开始布放第一轮着陆器和自主遥控水下机器人 ARV。这次下潜的目标深度是 7000—10000 米，目的是练兵，即并不在于完成着陆器的科考任务，而主要在于检验着陆器设备本身的可靠性。

这天下午，“原位实验号”着陆器第一次下潜，项目负责人李季伟有些紧张。“原位实验号”由原来的锚系结构改为着陆器结构，科学家们的工程经验并不多，由于是本航次的第一个着陆器布放，如果失败，将会影响整个科考队的士气和情绪。

这一天的海况依然恶劣，主甲板时不时有海浪涌上来。队员们行走都困难，更何况还要移动重量超过 1 吨的着陆器设备。

这次“原位实验号”底部搭载了一个生物捕获器，科

周皓（右）在休息中

学家将放得有些发臭的鸡肉作为诱饵，看看能不能诱捕到深海的生物。周皓参与了诱捕器的设计、制作和修改。

周皓同大家一起，小心翼翼，协力操作，终于将“原位实验号”布放成功。周皓明白，这可不是小时候用簸箕盖诱捕麻雀，只消撒几粒米，准备一根绳子、一根棍子就行。在摇晃的海上吊装重要设备，每个环节都必须精准实施。

2017 年 1 月 28 日，大年初一，中国农历新年的第一天。关于中国人传统的年味儿，漂泊在海上的人渐渐地不食人间烟火了，科考船上没有人在意这一天是大年初一，他们只在意“原位实验号”已经在万米深渊工作了 20 多小时了。他们在等待着它回来。

着陆器在上浮的过程中要受到海流和自身外形的影响，整个上浮的过程中会呈现螺旋形上浮的状态。着陆器从万米深海浮上水面需要 4—5 小时，并且，上浮的出水点和布放点会因为海流大小不同而偏差很远。

跟踪着着陆器的漂浮速度，大家轮流吃饭。周皓也在守候着。终于看见它回来了，起吊回船。科学家们将保温生物诱捕器（必须保证接近于深海低温）飞快地抱进冷冻样品库，虽然只是发现了几只小钩虾，但其科研价值弥足珍贵。

2

开始各种布放作业后，科考船航行的速度变慢了，各种作业很多，周皓的晕船症状相应地减少了一些。但是晚上在船舱休息时，他还是晕乎乎的。来三亚深海所两个年头了，周皓太忙了，没空回想过去，只是偶尔会梦见东北大地的苍茫，又像是大海的汹涌辽阔，又像是草原的远方和骏马，分不太清楚。甚至梦见过草原暴风雪，他跟“草原英雄小姐妹”一起，寻找迷途的羔羊。

不是已经有载人潜水器了吗？派潜航员下去多好啊。要知道，科考实验有很多项目，不同的项目需要不同的设备。况且，载人潜水器下潜一次的成本就达数十万元甚至上百万元。而着陆器可以节约很多科研经费。

直接派潜水员下去吧？不可能，潜水员无法下潜到1000米以下。那个深度的海水压力可以轻易将陆地生命压成粉末。

“万泉号”布放，是在大年初一。这一天，科考队刚刚回收了“原位实验号”。

“万泉号”是以海南的万泉河命名的着陆器，它本身就是一道深海科研与探索之路上的传奇。

“万泉号”是土生土长的着陆器，所有组装总成和部件都是国产的。也许是故意要考验国产高端设备，“万泉号”在 2015 年第一次海试的时候就失踪了，整整失踪了 3 个多月。后来，科研团队终于在南海找到了失踪的“万泉号”，它像个流浪的孩子，身上长满了贝壳。从那以后，“万泉号”团队发誓再也不会让这“孩子”走丢了。

周皓工作场景

周皓与团队成员一起，小心地操作。前年“万泉号”失踪的时候，周皓还没有调来三亚，但他知道这“孩子”的苦难经历。“万泉号”缓缓入水，预设深度是 7000 米，搭载着陶瓷耐压舱结构的高清摄像机。这是第一次科考队试用陶瓷耐压舱结构的高清摄像机。

科考队的计划是“万泉号”布放之后，紧接着布放“天涯号”着陆器。虽然同是着陆器，但是“万泉号”和“天涯号”的功能、目的不同。“万泉号”侧重于运载器，这次搭载的固态锂电池也是实验性质的。“天涯号”则侧重于生物学的应用目标。

“天涯号”挂上了两只鸡和一整条马鲛鱼，看看能不能诱捕到更多的深海生物。周皓和科研团队对于制作诱捕器已经积累了很多经验，它的原理很简单，跟捕鼠器一样，用食物做诱饵，能进不能出。但是，深海的诱捕器，在材料、工艺、制作流程方面，要复杂、精细得多。“天涯号”布放完，已经是大年初二的凌晨 2 点了。

3

“天涯号”像一部深海电梯，下潜搭载了多家科研院所的研究设施和项目。其中就有以后载人下潜万米以下的关键设备，如深海锂电池、万米浮力材、水体气密保压取样器，这些都要放下去测试。

每一次设备下去大家都很揪心：有没有着底，会不会按预计的时间上浮回来？

第二天，2017 年 1 月 30 日中午，驾驶室的工作人员四处搜寻，查看“天涯号”出水没有。

这次可是用了马鲛鱼做钓饵，可能比鸡肉更能诱捕海底深渊的神秘生命。“天涯号”准时出水。能不能诱捕到海底生物，完全看运气，而这次运气就很好，生物捕获器的收获令人惊喜。

“天涯号”着陆器回收，队员发现里面有钩虾、破碎的狮子鱼，这超出了人们的想象。其中，最大的钩虾超过了 25 厘米。可惜因为压力差异太大，它们都没有活下来。

深海所的大厅走廊中陈列着一只巨型钩虾标本，捕获自马里亚纳海沟 7344 米深处，它在一个玻璃罐子中蜷缩着，虾须、虾足、鳞片，都非常清晰，是在下一个航次（2018 年）中捕获的。

这次还捕获到了深海狮子鱼，是脊椎动物，发现于 6198—8145 米深处。它游动时松弛柔软，可以看到体内的器官和肌肉组织。海水可以轻易透过它的皮肤，渗入它体内的器官中。这样，体内外压力达到平衡。深海生命的适应能力、进化能力简直神奇无比。

“天涯号”着陆器在深度为7449米的另一个地点，拍摄到的景象印证了同样的事实。深海狮子鱼和钩虾是马里亚纳海沟斜坡上的“统治者”。

“天涯号”着陆器拍到的画面中，同样发现它们有独占能力。它们在黑暗中如何感知到有外敌的侵入？这还需要科学家们去研究。

4

各种潜水器中，水下滑翔机是无动力的水下机器人。它像小飞机，有翅膀，可以携带科学探测设备远距离滑翔。2017年2月9日，“海翼号”水下滑翔机打破世界纪录，同时，半年前布放的箱式沉积物捕获器终于回收上来，而另外两套设备未能上浮，确定回收失败。

然而，“万泉号”却布放不下去。

“万泉号”是大型着陆器，很重，布放入水需要准备很久。当周皓和大家一起放下“万泉号”的时候，这家伙却迟迟不肯入水，只好吊回来，经仔细检查发现，原来是抛载系统挂钩坏了。极有可能是布放的时候，船在摇晃，正好一排大浪过来，重重地冲撞了“万泉号”的底部，骇浪损坏了“万泉号”的挂钩。一个巨浪把即将入水的着陆器托起来又扔了下去，因为还没有和母船分离，巨大的冲击力把承载着 150 多公斤压载铁的定时释放器拉坏了。

定时释放器要靠锥面来传递扭矩，锥面配合精度哪怕

周皓在进行海上作业

有一丝的差距，都无法承受恶劣海况的冲击。海底着陆器损坏，再次面临没有可更换零部件的窘境。最终，备用电池仓中的一块不锈钢盖板，被周皓拆了下来。他必须把这块 10 毫米厚、1800 平方厘米的不锈钢板，打磨成 9 毫米厚、36 平方厘米的大小。他可用的工具就是一些手工工具，因为船上不可能配载大型切割设备。

不锈钢板比普通钢板加工起来难度大得多。周皓需要连夜维修。在机电实验室，周皓拆下了损坏的挂钩，因为在岸上的时候谁也预计不到会有这种损坏，所以就没有准备相应的材料。船舱容量都是经过计算的，不敢存放过多的物资和材料。周皓在船上四处搜寻，终于找到替代材料，换上重新制作的挂钩。凌晨 4 点的时候，周皓终于完成了维修任务，因为天亮就要重新布放了。周皓还要做好布放的各项吊装准备工作，这一夜肯定是睡不成了。

功夫不负有心人。“万泉号”着陆器终于放下去了。周皓又一次不辱使命。

5

元宵节了，庆祝一下吧。

这一夜海面上皓月当空，漂泊在遥远的海洋，让周皓更加思念家人。

“海上生明月，天涯共此时。”写下这样千古名句的唐朝名相张九龄如果来过西太平洋，会留下怎样的诗篇？与盛唐隔着 1300 多年的时光，古今一脉，天涯共情，诗意和亲情都是相通的。有一点可以肯定，广东人张九龄与海南三亚，与深海所，情投意合，心有灵犀，都钟情于“天涯”两个字。

正在进行海上作业的周皓

回忆起这一段，周皓说：“吊起的设备有几吨重，离开甲板就像钟摆一样晃动，大家分成几个组，用绳子将装备固定起来，几十个人拉着止荡绳，吊车的起吊高度是8米，而装备是12米长，需要齐心协力往甲板上拉，先用缓绳钩缓一下，再用吊车起吊。30名同事一起协力拉住。有时候，同事们拉绳子拉得筋疲力尽，我就收起对讲机，也一起去拉。所领导推我出来说：‘装备的安全，船的安全，吊机的安全，甲板上全体作业人员的安全，都在你一个人手上掌握，你就负责指挥，我们来干。’7000米海试之后，所领导决定突破万米深度，这需要对装备进行升级改造。”

周皓又说：“之前使用了带上船的原材料，但已经不足，我找到随船领导，问能不能从船上再找一些，领导说只要不把科考船拆沉了，我可以拆任何部位。我联系了船长和机务组同事，就在船上寻找材料。经过两天两夜连续奋战，我们把设备的取水装置和原位培养装置，集装到了‘天涯号’上，这样就完成了首个万米装备的下潜。这次下潜成功获取了120多升的万米海水样品和20多升原位培养的海水样品。这些都是在国际上没有先例的。”

2月23日，“原位实验号”在海底工作超过了2天，收到换能器信号之后它开始上浮。这时它已经创造了深海作业的一个新纪录，即着陆器单次着底作业时间超过52小时。

更令人惊喜的是，它在7884米的深度，抓到了一条鱼，这是中国深海鱼类样本采集的最大深度纪录，也是全世界首次在雅浦海沟捕获狮子鱼样品。

第九章 深海使无知或自满者微不足道

“探索一号”科考船在航行中会安排讲座、学习和讨论，大家都熟知这句来自科考船“海上讲堂”的格言，“当你凝视深渊的时候，深渊也在凝视着你”。周皓和科学家们体会尤深。

1

这句话出自德国著名哲学家弗里德里希·威廉·尼采的《善恶的彼岸》。尼采说出这段玄妙而又真切的话语时，凝视的是哪一道深渊？如果他来过马里亚纳海沟深渊，一定会惊诧失语，说不出任何诗句吧。

“探索一号”随船摄影师张桅特别喜欢引用这句话。

2017 年 3 月 4 日，“万泉号”完成了 10900 米的下潜，科考队员们兴奋地取回了搭载下潜的泡沫杯。这些泡沫杯在深海会被海水巨大的压力压缩成同比例拇指的大小。大家喜欢在泡沫杯上面写下各种纪念性的有意义的文字，摄影师张桅写下的是“当你凝视深渊的时候，深渊也在凝视着你”。

摄影师张桅也是本航次跟船的纪录片导演，是国内少有的水下摄影师和技术潜水员，他给周皓拍摄了好几张照片，属于人物特写。周皓坐在甲板上，看着大海，所有的困倦、所有的希望似乎都写在脸上了，眼神充满了信心，似乎容纳了全部的太平洋海景。这张照片收在张桅已出版的《深渊之上》摄影画册中。画册中还有一张周皓的照片，简直帅爆了，只见他双手紧握电动磨头，正在加工合金板。周皓弓着腰，戴着护目镜，一头的汗水，神情非常专注，仿佛身外根本没有什么波涛汹涌。根据航次负责人的布置，周皓要制作标志牌，用来精确标记海底最深处的坐标位置。

海上工作场景

这一次，周皓没有用泡沫杯下潜。这些泡沫其实是厨房食材的包装材料，用来做下潜材料，也算物尽其用。半年前上一个航次的时候，周皓用泡沫材料制作了 2 个五星，下潜后被压缩成拇指大小。周皓没有声张，这是自己给双胞胎儿子做的生日礼物。周皓相信，儿子长大了也会相信，来自万米以下深渊海水的生日礼物，父亲在遥远的太平洋上亲手刻制的生日礼物，一定是全世界独一无二的，胜过任何生日蛋糕、鲜花和玩具。

周皓正在加工合金板

2

还是在大年三十这一天，大家在布放“原位实验号”的时候，在潜器间，来自中国科学院沈阳自动化研究所的“海斗号”团队正在做准备工作。在周皓参加的上一个航次中，“海斗号”已经挑战1万米成功。这一次更进一步，科考队要让“海斗号”连接着光纤下潜，实现深海遥控巡航并实时传回视频：直播。

“海斗号”是一台全海深无人探测器，设计上可以到达海底的最深点。它由鲜艳的红色、黄色组成；造型简练，两侧各有一个螺旋桨，这就像两条腿，能够实现海底航行，或者上浮、下潜，完成科学调查数据采集工作，

“海斗号”设计了两种工作模式。一是自主模式，下潜到海底预定的位置执行任务。二是本航次的终极目标：连接光纤，在母船上指挥“海斗号”进行遥控巡航，实时传回万米深海下面的影像和数据。如果成功，就是世界首次，意义重大。

核心问题是做连接光纤的海试。“海斗号”研发了3年，是骡子是马，现在就得遛遛了。大家既紧张又兴奋。

“海斗号”，已经入水，能否到达预定深度和地点？能

否有影像？只能静待花开。上浮 10 千米要好几小时，大家都提前等待着，盯着电脑。“海斗号”上来后会发出一个信号，报告自己的位置。这个信号是一段军乐，听了让人振奋。终于收到信号，它距离母船 950 米。“海斗号”比预计时间迟到了 10 分钟。

队员们都手持长杆，准备回收“海斗号”。海上的风浪很大，队员们很难钩住它，一次次地拉住它，又晃脱掉了。终于，队员们合力挂住了它，晃荡中起吊，又小心翼翼地扶住，放下。

深度报告：10874 米。“海斗号”肯定坐底了。队员立即取下储存卡插入电脑，大家都想看海底的模样。周皓也在旁边看。

这是“海斗号”再次下潜到万米深处，巩固了它作为世界上第三台可以下潜到深渊底部进行工作的无人潜水器的地位。

然而，“万泉号”却布放不下去。

“万泉号”是大型着陆器，很重，布放入水需要准备很长时间。

周皓也很紧张，他希望一切顺利，但他必须做好不顺利的准备。果不其然，吊车来来回回地晃荡，好几个人拉着止荡绳，努力稳定着“万泉号”。位置准确后，脱钩。但是，“万泉号”入水后却迟迟不肯下潜，在海面上漂浮着。原来是压载器掉了，压载铁提前脱落，只能宣告下潜失败。因为所有潜水器都要挂压载铁，上浮时再脱离压载铁。不能下潜和下潜后不能脱离上浮，都是有可能的。

周皓紧急抢修。重新加装压载铁很复杂，先要找到脱落的原因，重新计算浮力，然后重新配置、安装、调试。他这次缩短了悬挂链子，还特别检查了压载铁，终于通过了近乎苛刻的检查。凌晨 5 点，“万泉号”在大雨滂沱中再次下潜。

“万泉号”下去了，越来越深。周皓跟年轻的科学家一起，贴近海底摄像机画面，想第一眼看到直播的海底景象。周皓知道，自己还有很多东西要学习。深渊就是最好的老师，不断地失败就像师父在指点迷津，这一点，周皓有很深的体会。他参加过很多次钳工大赛，知道没有谁一开始就能登上领奖台，每个高手必然是在无数次的训练、挫败中练成技艺的。技艺要达到炉火纯青的程度，必然要经历千万次挫折、失败的磨砺。

3

2017 年 2 月 7 日，“海翼号”下潜。那天，海面风平浪静，“海翼号”长长的信标（信号标志物，便于浮出海面后发现它）像是手，挥了挥，昂着头，慢慢地、无声地潜入海里。

第二天，“海翼号”已经下潜到 5798 米，打破了半年前 TS-01 航次自己创下的纪录，并且还在继续打破。

“海翼号”和“海斗号”都是中国科学院沈阳自动化研究所的项目。这是一个著名的科研机构，具有现代化的科研与工作条件，拥有一流科学家和科技队伍，规模很大，成立于 20 世纪 80 年代，主要研究方向是机器人、智能制造与光电信息技术。

周皓跟中国科学院沈阳自动化研究所有着很深的缘分。除了都是东北故土之人，有着熟悉而亲切的乡音，所领导还是周皓的伯乐，是周皓调来三亚深海所的推荐人。

2017 年 2 月 8 日，声学换能器被吊放下海，这是为了唤醒一套在这处海底已经工作了半年的设备。半年多前，2016 年 7 月，“探索一号”的上一个航次布放了 3 套箱式沉积物捕获器，主要是为了收集马里亚纳海沟和雅浦海沟的沉积物。周皓参加了这个 TS-01 航次，箱式沉积物捕获器都是在周皓的参与下布放下去的。半年多之后，科考队再次来到这里，就是要把捕获器从海里唤醒，让它浮上来，将它吊上船。因为实验室需要沉积物样本。

声学换能器发出声学信号之后，甲板机收到信号反馈，但是不稳定，也许是声学换能器在上浮过程中。但是，等了 12 小时，超过应有时间 2—3 倍了，大家不得不放弃。周皓的心跟团队科学家一样难受。大伙儿一起放下去的，半年后该收获的时候，它却不见踪影。这是一次令人心碎的“失约”。

2 月 9 日夜，“探索一号”已经移动到了另一套海底沉积物捕获器的 GPS 定位位置。半年前布放下去的另一套设备，应该就在海水下 6000 米的地方。

周皓在想，不可能都失败吧，如果都上不来，那运气也太差了。周皓和这个项目的团队人员做好了心理准备，如果还是上不来，也只能接受，毕竟是半年前放下去的。

后甲板的团队科学家终于有笑容了。原来是搜索到了，沉积物捕获器已经确认漂浮在海面上了。半年了，你在海底深渊还好吗？天天都在想你啊。

接近它了，醒目的黄色。但是人们发现，应该最先起来的大浮球反而沉在下面，小浮球却在上面，整个结构的各种绳索缠绕在一起。全船所有人都参与了打捞，周皓更是担负起指挥吊装的主要任务。费了九牛二虎之力，大家才把它吊回到甲板上。

大家都明白了，这一组浮球没有全部爆裂，所以才成功上浮。而半年前布放下去的另外两组沉积物捕获器没有浮上来的原因，就是浮球全部爆裂，根本没有浮力上来了。这些浮球都是进口产品，性能并不十分稳定。周皓想，什么时候都用上国产的就好了。

2月20日凌晨，“原位实验号”冒雨布放。这次，它搭载了生物捕获器、原位实验装置和CTD（温盐深测量仪）。然而，在起吊移向海面的时候，“原位实验号”上的一块压载铁在摇摆中抛掉了，压载铁本该是在回收上浮时抛掉的，这下坏了，还没入海就抛掉一块。没办法，大家只能把它吊回来。随后，周皓对“原位实验号”的全部压载结构进行了检查、维修。更换了压载铁之后，凌晨3点，“原位实验号”终于成功布放入水。

此时，周皓和所有人的衣服都湿透了，里面是汗水，外面是雨水和海水。

4

周皓又要加班了。其实，在船上就没有什么固定的上班时间和加班时间，一切时间都以工作为准。有时候，工作也要看天气的脸色，并不完全按照科学家们安排的时间计划来。

周皓在整理设备

3月5日，船上开了一次科考会。会议讨论认为，现有科学手段其实是无法在海底1万米实现精准定位的，因为在下潜过程中总会有位置漂移。在这几天的着陆器密集投放中，着陆器到底落在了哪里？与预设的GPS位置偏差有多大？海流影响有没有规律？航次负责人突然想，能不能让OBS地震仪搭载在“万泉号”着陆器上，利用声波传送的原理解决精准定位问题，并且在海底放置一个标志牌，以便今后找到这个坐标。

第二天，“海斗号”再次下潜。光纤再次成为大家担忧的焦点。虽然在实验室的拉力频次和强度、压力实验，反复进行了多次，但实验室终归是实验室，还不是实际场景，尤其是深渊这样的复杂场域，很多未知之物、未知之力都是意想不到的。

下潜过程中屏幕黑下来，说明“海斗号”已潜至140米以下了。工程师们还是盯着无光的深渊黑屏，因为他们感觉得到“海斗号”的呼吸。“海斗号”正连着光纤，连着母船的牵引，奔向神秘的深渊。

盯着时间点，11时40分应该能够到达。过万米了，可以调亮灯光了。大家预计“海斗号”将在10800米深度坐底。

屏幕上有光亮了，“海斗号”快到海底了，有海底反光了。减速！坐底！“海斗号”激起一串水泡和沙尘。10885米。这可是第一次万米深渊海底直播啊！

大家都围上来，不由自主地兴奋起来，惊奇地猜想，这是什么？那是什么？

“海斗号”正在实现一个创举，中国第一台无人潜水器在挑战者深渊实现了海底巡航。前进、后退、转向、升降等指令接连发出，“海斗号”都能够快速作出反应。

此次，超长距微细光纤传输和遥控技术实现了巨大的突破，标志着无人潜水器进入了新时代。

5

航次即将进入尾声。深渊科考队进行了更密集的布放。

3台全海深着陆器频繁起降，交替作业。在最后的10多天时间里，每时每刻都有设备在海底作业，或者是在下潜的途中。

周皓忙得很。因为他既是吊装作业的指挥长，也是操作工。

这次，高清摄像机在8152米深度拍摄到了狮子鱼活动的影像，这是世界上发现的硬骨鱼类最大的生存水深。长柱状取样器在9373米处取样成功，这是世界上最深的取样深度纪录。

科考队利用“万泉号”搭载海底地震仪精确测量深渊的准确深度，回收顺利，数据导出来了，但还要计算。全船的人都在等待科学家丘学林在船舱地球物理实验室里的计算结果，就像产房外面的人在等待婴儿的第一声啼哭。

数据出来了。马里亚纳海沟最深点，也是全世界的最深点：10930米。

第十章 留在深渊的永恒思念

“海斗号”，还有好几台宝贵的设备下去后，再也上不来了，就像阵亡的战士。周皓给它们做了墓牌，如同烈士纪念碑，轻轻地布放到海底。

1

科学的成就，其实是无数的失败之石铺出来的。

给我们做了第一场深渊直播的“海斗号”，难道就此与它生离死别？

在未知的深渊海底拖行，“海斗号”的抛载系统发生了故障。虽然队员们用尽了各种措施，下达各种指令使其翻滚、旋转、起伏，想甩掉压载铁，但是“海斗号”仿佛被恶魔拖住了。

科考队员们渐渐陷入痛苦的绝望。

最后，项目专家唐元贵只能悲壮地决定：与其最后挣扎，不如发挥“海斗号”最后的余力，成败在此一举。让

周皓（左一）工作场景

它正常进行科考作业，尽可能采集更多的数据，直到光纤中断为止。这样，“海斗号”又工作了4小时，直到几十千米长的光纤拉到了尽头。信号中断，“海斗号”仿佛停止了最后的呼吸，恰如春蚕到死丝方尽。

“海斗号”在传回了尽可能多的数据之后，永远地留在了马里亚纳海沟的挑战者深渊。

“海斗号”是一个关键技术验证平台，作为潜水器，它是一个丰碑，完美地完成了自己的使命。它留在深渊，是最好的告别方式。

2

在陆地上的时候，周皓和他的工程部门全体工程人员，都要一个一个地安装调试好科考设备。到了海上，他们还要一个一个地吊起、放下、回收，再由科学家们导出数据，或者小心翼翼地取出海水、泥土、岩石、生物等样本。对每一个设备，周皓都像对待自己的孩子一样细心呵护。“海斗号”回不来了，周皓的心里很难过。他知道科学考察和研究就是这样的残酷，一次成功是由一百次失败铺就的。

但面对永远沉寂在大海深处的设备，周皓从不认为它们是没有灵性与感应的“铁疙瘩”，不，它们只是不说话。他看着它们时，它们也在看着他；他想着它们时，它们也在想着他，它们是周皓心中永远放心不下的牵挂。

为此，周皓制作了一个纪念标牌，用他那精细的钳工技艺，雕刻了“中国海斗 2017 年 3 月 7 日”的字样。

2017 年 3 月 9 日，“万泉号”携带着“海斗号”纪念牌，在“海斗号”消失的经纬度坐标处，缓缓地布放到万米深海。那是中国科考的一块普通的深渊墓碑。也许，以后的挑战者会发现它，向它致敬。也许，很久以后，沧海桑田，深海变成了浅海，大海变成了陆地，考古学家们会发现并翻译出来，再把它放到博物馆，永远接受人们的怀念。

3

2017 年 3 月 14 日，零点时分，“万泉号”出水。至此，“万泉号”跟随“探索一号”的 TS-03 航次对挑战者深渊进行了 4 次着陆，成功 3 次。

2017 年 3 月 14 日下午，科考队回收了最后一套装备，最后又收起了气枪，所有预定作业全部完成。

本航次的重点任务全部完成。科学家们在马里亚纳海沟进行了 40 套地震仪定位作业测量，在挑战者深渊放置了 3 个定位标志物。

启程返航。临行前，全体人员在科考船后甲板上举行了一场特殊的仪式。

航次首席科学家包更生说："经过大家艰苦卓绝的工作，我们已经顺利完成全部科考任务，取得了卓越的科考成果，感谢大家的辛勤劳动。"

周皓在工作中

周皓在工作中

周皓在工作中

航次领队阳宁说："'海斗号'、沉积物捕获器、箱式取样器，留在了马里亚纳海沟，我们会永远铭记这些设备的贡献。它们也是我们中的一员，现在，我们向这些设备，向 200 多年来到这里科考的各个国家的挑战者们，表达崇高的敬意。"

全体科考队员站在甲板上，周皓站在队伍的第一排，兴奋的神情中又带有明显的忧伤，那不是晕船，而是深沉的感怀。

周皓的脑海里浮现着那几套自己亲自参与布放下去的设备，现在不能带它们回家，心里还是非常难过的。再看一眼这熟悉又陌生的海面吧，再看一看这时而汹涌又时而平静的浪涛吧。别了，兄弟，我的战友，我会梦见你们，我还会再来。

"探索一号"汽笛长鸣，在大海上画上一个大大的转弯浪潮，启航回三亚湾锚地。

第十一章 爱的港湾

万里海洋漂荡，最盼回家。漂荡越远，越久，越是知道妻儿老小在心里的分量。

1

“探索一号”回到三亚湾锚地。没有欢迎仪式，没有鲜花迎接。所领导一向务实而低调，不刻意于迎来送往的繁文缛节。

“探索一号”的航次安排得非常频繁，各项科考、海底考古任务一个接着一个。出海、回来，就跟平常的出差一样。当然，也有一些亲属按捺不住来到锚地码头迎接亲人。另外，还有不少科考人员是外地、外单位科研机构或者大学的，并不住在三亚，要住进酒店休整。

习惯了海上漂荡摇晃的周皓，最初走在陆地上的脚步都是飘忽的，道路在脚下起伏，椰林在眼前跳跃。海浪里的拍打，深渊里的煎熬，让他脱胎换骨，换羽新生。重回陆地，他仿佛是新生的婴孩，得和他的双胞胎儿子一样，蹒跚学步，他给双胞胎儿子分别取的小名叫左左、右右，并没有别的深意，就是期盼他们在自己身边，左一个右一个。第一次归航时，两个儿子才刚满周岁。

想到一双儿子小小的模样，马上就要抱抱他们了，周皓喜不自禁。但他还得先回工程部，把大大小小的工具、材料、零配件箱包归类整理好，桌面、地面都要收拾干净，再回楼上办公室放好电脑等用品。然后，周皓蹭了同事的顺风车，走出了深海所大门，回家已是夜深人静的时候了。

回家的路上，周皓要经过鹿回头山脚下。

天色已经较晚。山顶原本异常明亮的景观灯都关闭了，只剩下那只鹿和黎族青年在黑夜中相互守望。相传黎族青年打猎追寻一头鹿，到了海边悬崖，无路可走之际，鹿化为一个美丽的黎族少女，深情地望着黎族青年。于是，二人遵循天涯海角的神意，相亲相爱，结为夫妻，这便是到过三亚“天涯海角”的游客都知道的“鹿回头”的美丽故事传说。

山下的三亚湾还有一些灯火通明，残存了一些尚未关闭的霓虹闪烁。周皓春节前出海，回来已经3月下旬了。三亚的春天和夏天都来得早，路灯照耀下，看得出新开了好多叫不出名字的鲜花，树上长出了不少嫩叶。山顶鹿回头公园内有许多与爱情相关的景观，“一见钟情石”“神话姻缘石”“爱字摩崖”“爱情广场”。不过这些都只是寓意和愿望，离现实很远。

对于不善言辞的周皓而言，妻子是他深藏于心的深爱与愧意。自己工作忙，出海、出差多，加班加点更多，家里的事，俩孩子的事，都是妻子在操心。妻子跟着自己从东北来到遥远的三亚，工作单位变换，得有一个熟悉的过程，一切都得重新学习，重新适应，而自己能帮助妻子的又太少。周皓只能将自己的亏欠深埋心底。

周皓回到家里，孩子已经入睡，妻子还在等着他。他紧紧地抱着妻子瘦弱的身子，想到正是这副柔弱的肩膀，

周皓和双胞胎儿子在探索一号前合影留念

周皓和双胞胎儿子在探索三号前合影留念

在自己离家的这小半年里，坚定地站在他的身后，遮风挡雨，为他撑起了这个家，不禁潸然泪下。紧紧相拥的那一刻，他知道自己终于着陆了，再不会晕船了。而他们这个一路漂泊来到天涯海角的家，也终于安定了。

离开的这些日子，家里发生了好多事，尤其是关于孩子的喂养，妻子要说的太多太多。此时此刻，妻子知道，对于远航归来、日夜劳累的丈夫来说，最需要的就是休息。

周皓却没有睡意，坐在床边，盯着两个睡着了的儿子看，看了很久，很久。半年前上一个航次，他给两个儿子的周岁生日礼物——万米深海压缩过的五星，还粘贴在相框上。百姓家都习惯在娃周岁的时候举行“抓周”仪式，看看娃在一堆玩意儿面前是先拿吃的东西还是书本之类的，由此断定孩子将来的事业方向。当时周皓还在海上，没有他当主持，也就免了“抓周”仪式。但有两颗深海五星，也足够了。

2

周皓调来三亚深海所半年多，才把妻子、儿子接过来。妻子在一家医院工作，一家人临时租了一小居，先凑合着住吧。儿子小时候还能住一个房间，等长大了，就得再加一个房间，如果东北的父母过来帮忙带娃，房子显然就不够用了。三亚是个好地方，生活一天天在向好，他唯有加倍努力工作。

两个双胞胎儿子非常聪明、可爱。中国人讲究团圆，全家在一起，不离左右就好。当然，这是一种愿景，真有

周皓在工作中

工作需要，也还得独自闯荡。周皓一出海就是几个月，连个电话都没有。船上倒是有卫星电话，但那是工作电话，不可能用来叨叨儿女情长。其实，周皓自己可以私人置办一个卫星电话，也不是买不起，只是节俭惯了的人，很难走到奢侈的地步。周皓连所里的科考经费都精打细算，自己手里的原材料和工具，也是能用就用，能省则省，绝不浪费。后来，周皓买了车，也是经济适用型的，上下班，市里、省里外出宣讲乃至接待采访之类的事务，都是自己开车，用不着派公务车。

3

周皓的籍贯是内蒙古自治区奈曼旗，周皓明白，不论是籍贯地，还是蒙古族、汉族以及其他民族，并没有什么太大的差异，籍贯与民族的区分也没啥实际意义。周皓只是觉得，这是一种承袭，而人生有两大哲理，你从哪里来、要到哪里去。第一句是起点，第二句是终点，就像一个远洋航次。把人生的航次做好，就是最好的人生。

在三亚，东北口音的人越来越多，甚至有人开玩笑说三亚是东北的“飞地”。其实，口音与距离无关，只与家人有关，家人又与事业关系密切。深海科考、深海工程技

周皓在操作机器

术就是周皓的事业。

是的，儿子总要长大，不能总和父母住在一起，就像现在的周皓，东北的父母便是他最牵挂的人，而他和妻儿却远在三亚。以前在阜新，家里长期住在厂区宿舍，一排一排的，爷爷、父母都在一个片区的前后排，算是一个院。宿舍虽破旧一些，但是比较宽敞，以至于家里竟然安

周皓在检查机器

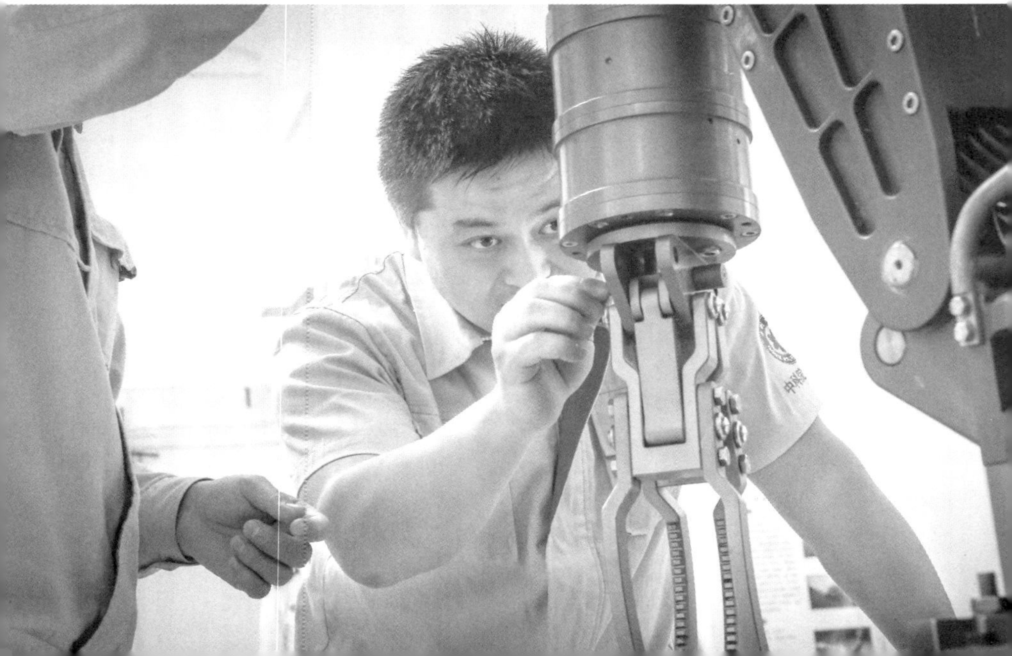

放了一张钳工工作台。

最近一次出差回家，儿子已经睡了。周皓想看看儿子再睡，走到门口，突然觉得进不去了，门上画了画，像是联络图，还写了字，必须对上暗号才能进得去。暗号的上句是“天王盖地虎”，下句是什么？还好，周皓记得，东北特有的土匪黑话，“宝塔镇河妖”。很久没回家，怎么家里都成了“土匪窝子”了？

不过，最近一次儿子画了画，不再是对暗号了，每人画一张，一张是“探索二号”科考船、一张是“深海勇士号”载人深潜器。周皓看了看，嗯，是那么回事。

4

小时候，周皓曾经对父亲有些抱怨。因为父亲一早就出门，很晚才回家，加班加点就不用说了。家里整天冷冷清清的，自己放学、母亲下班后也不吃饭，做好了也等着父亲回来。那时候，周皓觉得父亲不顾家，只顾工作。后来，长大一些，周皓就明白是怎么回事了，有时候甚至想，整天忙于工作的男人才是男子汉。曾经很长一段时间，周皓暗自希望自己也能成为父亲那样的人，成为一名受人尊敬的能人。而他，年纪轻轻时也如愿成了阜新远近闻名的能人。

现在，周皓想尽可能地多跟孩子们在一起，玩一玩、说说笑笑，但很多时候是身不由己。他只希望孩子们能够理解自己。

听说孩子最近在学校问老师：“你认识我爸吗？”老师说：“当然认识啦，大名人，谁不认识呢？”孩子显得很开心。周皓倒是有些五味杂陈。孩子为父亲感到骄傲，大体上是对的。但是周皓又想：“儿子啊，也应该懂得谦虚啊，低调一些不好吗？可得记住一点，咱‘探索一号’海上课堂讲的一句话：深海使无知或自满者微不足道。”

第十二章 一群深海勇士

2020年，周皓当选为2019年“大国工匠年度人物”。但他深知，自己身边的科学家们和工程技术人员团队，才是真正的国之重器，他们每个人都是深海勇士。

1

深海所连续3次考察马里亚纳海沟，每次都好几个月。每个航次所里都有详细的总结，周皓的工程部也有总结。三进三出马里亚纳海沟，周皓认为自己太幸运了，全程

周皓获得“大国工匠年度人物”称号

参加了。每个航次周皓都一个顶仨，负责工程技术。每次都有近百台（套、件）设备要布放到深海，完成探测、取样后还要打捞回收上来。许多设备都要反复多次布放、回收。尤其是像“原位实验号”“天涯号”“万泉号”这样的大型着陆器，每个航次都要进行五六次布放和回收。3 个航次下来，各种设备达数百次的连续布放、回收，既是体力活，又是技术活，稍有闪失，就会造成科研失败，损失不可估量。3 次远洋科考航海，周皓都担任了工程指挥长。虽然他不是某个具体项目的科学家，但他必须保障每一个科考项目的设备、设施的顺利布放入海和出海打捞、吊装上船。只有海上的日出日落，没有上班下班的时间概念。只有日晒雨淋的洗礼，没有遮阳防雨的清爽。只有浪涛浇灌全身的酣畅淋漓，没有甲板海景风光的闲庭信步。一切都只为着从工程技术上保障全部科考任务的完成。周皓做到了，所以深海所所长才说：“周皓是最好的搭档。”

对周皓来说，还有很多下一个航次，即使他本人不在船上，他的心也在船上，也在深海。

第一次出海时，刚调来深海所，周皓整天忙于设备的安装调试，听说很快就要出海了，务必要保证全部设备都准备好。行前 3 天，领导们开会才决定，让周皓随船出海。

因为根据国家海洋局科研所“向阳红”（科考船系列）出海的经验，除了科研团队，船上还要安排3个技术工人。深海所领导说：“我们有周皓，一个顶三个。”领导还问周皓晕不晕船。周皓蒙蒙地说：“不知道，大概不晕吧。”没出过远洋，他确实不知道。当领导告诉周皓要随船的决定时，他还在工程部调试设备，只是在上船前匆匆忙忙地回家拿了一些衣物和洗漱用具。除了组装调试，他还得留出足够的装船时间。

周皓认准了深海所的海洋科考，他内心永远葆有对深海所知遇之恩的感怀。他也深知，自己只是一个工人，能够在顶级的科研机构工作，已经属于命运的极大眷顾。回报只有一条，就是自己好好工作。

周皓是根正苗红的两届全国党代表，其实是有机会做专职领导干部的。也有省领导跟他提过此类建议，尤其是在他越来越出名之后。目前，他也兼任一些党政系统的非专职职务，比如，深海所的工会副主席、海南省委候补委员、省总工会和共青团省委以及三亚市的各项兼职。但是周皓始终没有动摇，他给自己的定位永远只是一个工人，一个钳工，一个工匠。

2

在深海所，周皓最崇拜的一个人就是所长丁抗。丁所长对 3 次马里亚纳深海科考有全面的总结。所长说："第一次深渊科考，我们进入了万米时代；第二次科考，证明我们不仅能进入深渊，还可以开展研究；第三次科考的完成，表明我们有实力在深渊坚持，有能力引领世界深海深

工作中的周皓

渊的技术发展和科学研究。”

第一个航次是2016年6月22日到8月12日，“探索一号”在马里亚纳海沟海域完成了84项科考任务，这也标志着我国海洋科技发展史上第一次万米级深渊科考的圆满成功。在这次深渊科考中，中国科考队利用自主研发的万米级自主遥控潜水器（ARV）“海斗号”、深渊着陆器“天涯号”与“海角号”、万米级原位试验系统“原位实验号”、9000米级深海海底地震仪、7000米级深海滑翔机

周皓工作场景

等系列高技术装备，在马里亚纳海沟海域的不同深度断面上，取得大批珍贵的样品和数据。

第二个航次就是2017年1月到3月的春节前后，本书前面已经有较为详细的叙述。

周皓参加的第三个航次是2018年8月到10月，历时54天，赴马里亚纳海沟海域执行中国科学院战略性先导科技专项（B类）“海斗深渊前沿科技问题研究与攻关”、中国科学院战略性先导科技专项（A类）预研项目“深海智能装备发展预先研究”、国家重点研发计划“深海关键技术与装备”重点专项的科技任务。此次科考的许多发现创下了国际纪录——在国际上首次诱捕获得全程低温保存的7000米级3条狮子鱼样品和9000米级2只糠虾样品；国际上首次在7012米水深发现索深鼬鳚属鱼类，这是已知的该属存活的最大深度；国际上首次在同一潜次实现全海深垂直分层水体微生物原位富集与固定取样，最大深度10890米。

如此辉煌的科研成就，深海所人无不为之感到骄傲。周皓认为自己是一个幸运的人，这3次马里亚纳海沟科学考察自己都参加了，也为此贡献了绵薄之力。骄傲与自豪，自不待言。

3

2017 年从 TS-03 航次回来不久，“深海勇士号”组装的时候，周皓作为甲方技术人员提前参加了。他到了著名的无锡 702 所，即中国船舶重工集团公司第 702 研究所。

在组装性预验收过程中，周皓发现水平尾翼可能有问题。尾翼安装后过紧，有抱死的情形，导致尾翼不能上下摆尾，就会造成潜器升降困难，他反复测试后告诉了造船方工程师。岂料对方根本不相信，说怎么可能。况且，他们也知道周皓只是钳工、技师而已，故而怀疑他的判断能力，虽未明说，但语气透露出明显的怀疑。

事情报告到总设计师胡震那里。经过精密检测，由于焊接变形，确实存在水平尾翼轴承基座同轴精度无法保证，且安装后转轴无法旋转的问题。离交货验收已经没有多少时间了，总设计师胡震问周皓有没有解决办法。周皓坦承，应该可以修平矫正，但是需要时间，也需要条件，至少要准备一个非常稳定的水平平台。总设计师胡震说：“好，给你。”

通常做这个工作起码需要七八天时间，但是给周皓的时间满打满算只有 4 天，精度要求非常高，且为手工操作。

“深海勇士号”水平尾翼的轴承基座是独立的两个装置，在船尾的后部，两个尾翼中间还有一个观察摄影窗口。要让两个独立的基座处在同一个非常精准的水平位置，难度很大。

在这接下来的几天时间里，周皓把时间全部用在解决水平尾翼问题上了。他凭借着自己熟练掌握的精密测量工具，拆装、打磨、矫正、焊接，在固定的平台上反复精细

海上明月，仍在奋战中的周皓

操作，最终解决了技术难题，为“深海勇士号”的成功验收创造了条件。

2020年12月，中华全国总工会授予周皓工作室为“全国示范性劳模和工匠人才创新工作室”。

大国之大，除了国之重器，还有大国工匠，像周皓这样的工匠本身也是国之大者。

4

“深海勇士号”的模型，就陈列在深海所大楼九楼的图书馆。这里也是人们交谈、喝咖啡的地方，长长的外阳台上，一眼望不尽三亚湾。周皓每次来这里的图书馆，都会深情地看一眼，心里默默打个招呼，“嗨，我的深海勇士”。自己亲手调校过的，是有感情的。也可以说，周皓是“深海勇士号”的“助产士”之一。

“深海勇士号”没有辜负人们的期望。它的浮力材料、深海锂电池、机械手臂全是中国自己研制的，国产化在95%以上。这不仅让潜器的成本大大降低，也让国内很多生产和制造潜水器相关配件的厂商升级了产品水平。

2022年10月25日，海南三亚，“探索二号”科考船搭载着“深海勇士号”载人潜水器返回三亚，完成了大深

周皓在“大国工匠年度人物”宣传栏前留影

『深海勇士号』

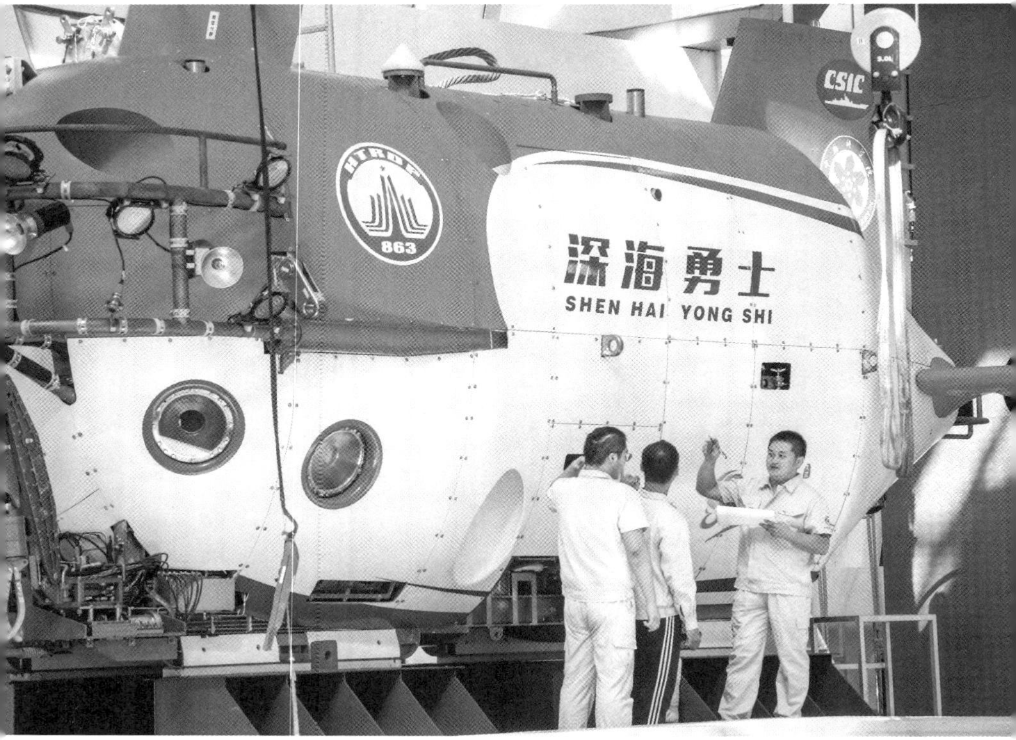

周皓（右一）在和同事探讨问题

度原位科学实验站在海底的布设试验，“深海勇士号”完成了第500次下潜。

这就是深海所的“深海勇士”，周皓精心呵护的“深海勇士号”。

“深海勇士号”每一次回来，都要在工程部进行深度维护。周皓及其团队的重要工作，就是保障设施设备永远处于良好状态。可以说周皓及其技术团队，就是“深海勇士号”背后默默奉献的勇士。

2018年10月，深海所为“周皓劳模创新工作室”正式挂牌。工作室的信念正是所长所言：“深海本没有路，我们无须效仿，我们就是道路。”工作室面积4400平方米，各种数控机床、通用机床和各型设备36台（套），有19名成员，包括高级技师、正高级工程师、高级工程师、工程师、技师、高级技工等。陈铭、陈俊、蔡凤海、罗圣文等，个个都是好手。

5

有一次，载人潜水器“深海勇士号”返回后，需要进行切割维护。因为切割时金属屑四处飞舞，对身体有害，所以作业人员需要穿防护服。“这个‘埋汰’的活儿简单，

周皓获得中国青年五四奖章

徒弟完全可以做，但皓哥只要没有别的事，都坚持自己来。”徒弟罗圣文感动地说，“即使穿着防护服，一通切割下来，还是会感觉嗓子干燥不舒服。”

周皓则自曝了另一项强大的“适应力”：在没有安装大型的换气扇之前，位于三亚海边的工作车间常年高温，车间内温度比室外要高出好多，常常达到四十几摄氏度。天热的时候，每天要换三四套工装，几个月之后，长期被汗渍湿透的工装就碎了，只能再换新的。

周皓的工作室团队人虽不多，但都很精干。大家都在一个大办公室工作，开会、讨论、布置工作很方便。虽然是所里的工会负责人，但周皓并没有为自己安排独立的办公室，也不需要。他离不开厂房，只要双脚能沾着厂房的地面，他就拥有无穷的力量。技术活都在一个宽敞通透的厂房干，而厂房又太大，不可能装空调，后来虽然安装了大功率换气扇，但是三亚天气热，夏天干活时仍是一身汗接着一身汗。

周皓的徒弟们对师父由衷地敬佩。徒弟们说，他们师父手里从未有过废品，活做得精准、精美，手工精度就能达到 3 微米。

大国工匠周皓，有着一双看似平常的手，这双手修剪整洁，其实并没有比别人多出什么，但一细看，却是海水不可斗量。一双独一无二的钳工的手，更有着超乎寻常的敏感与精细的辨识度。仅凭手感，他就可以感知到加工物料对象细微如头发丝的 1/16 以下的颗粒度的差别。所以，他总是能在别人想不到，更看不到的微观世界里，在东北平原、在西太平洋的深渊里，一再超越自己，超越寻常，超越远方。

在这个诞生大国工匠的优秀团队里，大家都成长进步得很快。罗圣文是海南人，毕业于天津职业师范大学，对数控机床很有钻研。小罗说：“师父的眼睛就是尺子，一眼看过来就知道问题在哪里。师父不仅仅是钳工很精，对机械制造全领域都很精通，那双手出来的活儿，要什么有什么。比如，师父可以把焊条打磨成钻头，可以把普通钻头改制成三刃钻头。”

有的徒弟说：“师父的耳朵也很厉害。一听声音就知道转速太快了，得降下来。果然，转速太快，刀一上去就红了，烧刀。”周皓经常教导徒弟们：“干活不能过于求快，稳才能精到，也不费刀。刀坏了就磨磨再用，不能动不动就换刀，该节省必须节省。”

“师父是有思想、有主意的人，大家有什么想法，或者需求方有什么要求，师父就会有方案，有设计，徒弟就会出图纸。在师父的头脑里，总是能找到解决问题的办法。”

周皓对徒弟一向很温和、尊重，从没有不近人情的苛刻。当然工作时有不同想法，也很正常。比如，周皓的工艺方法很稳妥，没有把活做坏了的风险，而徒弟的工艺方法可能更省时，成本更低。那么，他也会尊重徒弟的意见。

在团队核心的凝聚作用下，大家都飞速成长，很快都能独当一面。徒弟罗圣文也已经保障十几个航次的装备了。

6

现在，深海所又增添了一员猛将——“奋斗者号”。这是继“深海勇士号”之后，深海所又一艘载人深潜器。“奋斗者号”设计载人深潜达到了 1 万米，是目前最新设计、最深潜级别的载人潜水器。深海所大楼正厅陈列了“奋斗者号”的模型，一比一原尺寸，翠绿色，非常漂亮。

2022 年 10 月 6 日，搭载“奋斗者号”全海深载人潜水器的“探索一号”科考船从中国三亚起航。10 月 31 日，

“探索一号”自奥克兰的港口前往西南太平洋最深处超过1万米的克马德克海沟，开展首次中国—新西兰联合深渊深潜科考。

2023年1月22日，“探索一号”科考船搭载“奋斗者号”全海深载人潜水器，在位于东南印度洋的蒂阿蔓蒂那海沟最深点完成深潜作业后，成功回收。这是人类历史上首次抵达该海沟的最深点，由此拉开了对该海沟系统科学考察的序幕，对全球深渊科学的发展具有十分重要的意义。

2023年3月11日下午，“探索一号”科考船搭载着“奋斗者号”全海深载人潜水器，完成国际首次环大洋洲载人深潜科考任务，返回三亚。该航次于2022年10月6日从三亚出发，历时157天，环大洋洲航行2.2万多海里。本航次中，“奋斗者号”总共下潜63次。

2024年3月28日，“探索一号”科考船搭载着“奋斗者号”全海深载人潜水器返回三亚，圆满完成首次中国—印度尼西亚爪哇海沟联合深潜科考航次任务。本航次由“十四五”国家重点研发计划“深海和极地关键技术与装备”重点专项、中国科学院国际伙伴计划“全球深渊深潜探索计划”项目、海南省深海技术创新中心“深海深渊科考与装备海试共享航次”项目共同支持，深海所牵头组织实施，是国际上首次在爪哇海沟开展大范围、系统性的载人深潜科考。

所长说的没错。凭借着这群科学家和工程技术人员，凭借着以“探索一号”“探索二号”科考船和“深海勇士号”“奋斗者号”载人潜水器为标志的科考设备和技术，跟全国同行一起，在世界深海科考和工程技术上都能发挥引领作用。

中国有能力迎接新的大航海时代的来临。

第十二章 更深，更远，再启航

新大航海时代，深海科学与工程任重道远。大海在召唤，时代在催促，周皓和他的团队，还将继续锤炼接续不断的大国工匠。工匠精神及其光芒，耀动在前方，在每一次起航的天际。

1

富饶南海，家国情怀，永恒所在。南海的深处，蕴藏着无尽的璀璨，不为人知。周皓和深海所的科学家、工程师们，让深海的璀璨宝藏惊艳于世。

也许，很多人已经忽略了，南海的全称是：南中国海。外国有人翻译成“南瓷器海”，也没错，英文中“中国”一词的词源就是瓷器。

2023 年 5 月 20 日，在宝石般蔚蓝的南海海面，当红白相间的“深海勇士号”载人潜水器缓缓地露出水面，母船上响起了热烈的掌声和欢呼声。我国首个深海考古永久测绘基点布放完成，标志着我国深海考古取得重大进展。

国家文物局在三亚市召开新闻发布会，宣布“深海勇士号”载人潜水器参加了南海西北陆坡一号沉船第一次考古调查，在沉船遗址核心堆积区西南角设置布放水下永久测绘基点，并进行了初步的搜索调查和影像记录，由此正式启动对南海西北陆坡一号、二号古代沉船遗址的考古调查工作，我国深海考古开启了崭新的篇章。

2023 年至 2024 年，深海所与国家文物局考古研究中心、中国（海南）南海博物馆联合组队，使用“深海勇士号”载人潜水器，对南海西北陆坡一号、二号沉船遗址开展了三个阶段的深海考古调查，取得重要成果。

这次海洋考古，深海所拿出了全部家当。2022 年 9 月，由“探索一号”和“探索二号”科考船组成的联合航次在南海北部取得重大成果，共发现文物标本66件，在考古深度上首次突破2000米。深海所的两艘科考船协同进行考古探测，相当于军事上的联合舰队，中外海上考古从未有过如此恢宏的场面。

每逢打大仗，周皓都要亲自上场。南海北部深海考古取得重大发现之后，深海所工程部做了一个海底坐标，为

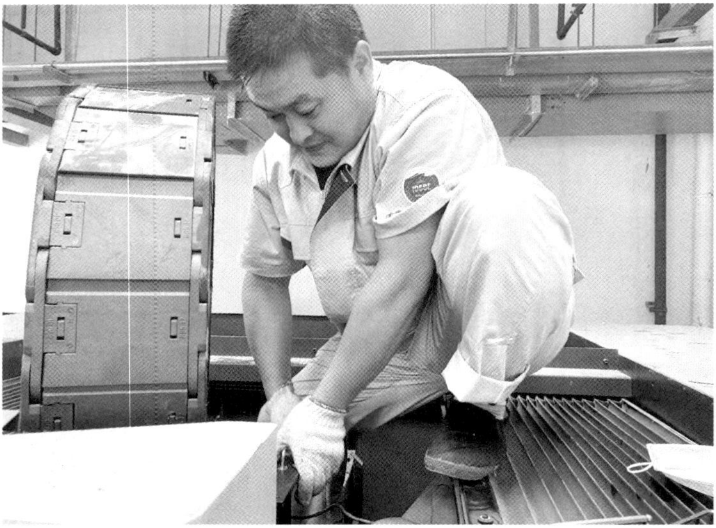

工作中的周皓

钛合金材质，由周皓亲自打磨焊接。它是梯形底座，上面竖立一个圆柱。上面除了精确的经纬度坐标度数，还刻有“南海西北陆坡一号沉船”“中国文化遗产”“国家文物局考古研究中心”以及周皓所在的单位“中国科学院深海科学与工程研究所”中、英文字样。每个焊接面和焊缝，每个装吊环和四角固定孔位，周皓都一丝不苟地制作、焊接、打磨、抛光，就像是布放一件极为珍贵的文物艺术品，不敢有丝毫污痕和差错。

此次布放的永久基点主要由钛合金柱、钛合金板焊接成的圆柱体、吊耳、插孔等部件组成，由“深海勇士号”深潜器搭载布放于海床表面。布放完成后，研究人员便能够借助长基线定位系统对永久基点进行位置标定，为对古代沉船开展精准的考古调查工作确定了稳固的测绘、计算坐标。

周皓做了一个南海考古永久基点的坐标，而作为共和国的新一代工人、工匠，他本身就是一个坐标。

2

2024 年 10 月，中国出席金砖国家会议，公开倡导国家之间开展深海科学考察的合作。可以预见，今后，随着我国海洋战略的更宏伟推进和发展，国家之间的深海科学研究战略合作无疑会越来越多，深海所的任务会越来越繁重。

其间，周皓不停地参加各种活动，如受邀参加中华人民共和国成立 70 周年庆典，参加庆祝中国共产党成立 100 周年大会，成为北京冬奥会火炬手等。

2024 年 7 月，作为党代表，周皓参加了党的二十届三中全会，为此，他激动得好几天没有睡着觉。他为自己所在的深海所感到骄傲，也为自己能在深海所贡献力量感到由衷的兴奋和巨大的压力。他暗自下决心，不管压力有多大，自己和团队成员，要跟全所职工一道，遵循党中央的号召，不断地朝着越来越远的深海，奔赴，再奔赴。

2024 年 9 月，笔者好不容易在三亚深海所采访到了忙得脚不沾地的周皓。周皓讲话很平静，语速不快，一点儿都没有什么慷慨激昂。也许经历过真正的大风大浪的人，内心是淡定的。他这样告诉我们：

“一步一步走来，自己非常幸运，虽说技术好，但技术好的人多了去了，我是机遇好，是时代的幸运儿。我对自己要求比较高，技术活，必须做到最好，要自己都感觉到这活儿漂亮才行。现在到了深海所，我更是严格要求

周皓工作场景

自己。深海所，我认为是国之重器，做不到一百分那就是零分。这容不得错，因为错不起，错了设备就在海里起不来了。

“严格要求自己，精神压力肯定大，身体也会慢慢吃不消。我现在身体也有肺结节、肝囊肿等，体检报告给出的毛病不少。不过，我没空搭理它。

“晕船可能跟精神压力大有关系，好像这是一种神经学解释。尤其是第一次出海，首航航次，那么多设备要下放到海里，又要回收，一点不能乱，一点不能出错，设备回不来，前功尽弃啊。不是我个人，是整个科研团队、整个研究所的工作前功尽弃。我自己又刚来深海所不久，是骡子是马，大家都看着呢。以前我在煤炭企业，搞设备也没出过差错。但即使出错，大不了撤下来再做。深海科考就不一样了。一旦出错，后果很严重，首先我自己心里就不能承受。”

有时候，周皓也会回顾过去。有时去沈阳的中国科学院自动化研究所等单位出差，母校会请他回去给同学们作报告。而一般情况下，请他去作报告他都会拒绝，但给年轻人讲，比如回母校给学生们讲，给三亚的消防战士们分享心得，他再忙也是愿意去的。毕竟他还是省、市共青团的领导干部之一。我们采访周皓的时候，他是自己开了四五个小时的车，连夜从附近城市的消防站赶回来的。他希望自己走过的路，能影响到曾经和他一样年轻的人，毕竟时代滚滚向前，还是要年轻人有志向、有担当才行。特别是人工智能时代已经来临，更需要他们这样充满差异性的个人的独特创造。

周皓参加中华人民共和国成立 70 周年庆典

周皓（前排右四）参加中国共产党成立 100 周年活动

偶尔有一些情景，会勾起周皓对过往的回忆。已经快10年了，但每每提起调动，周皓还是有些神伤。当时要挖他过去的某著名大型公司是一个混合所有制集团企业，也是搞煤矿开采的。“不太清楚他们的设备公司是一个什么经济模式，大概是以私营为主的股份制吧。一个大型设备的价值好几百万元，高压杆坏了，有划痕，必须维修，我去给他们修复了，省了一大笔经费和不少时间。他们动员我过去，那时候他们企业非常赚钱。我家人也有些动心了。但是，家人从来不干涉什么，去不去让我自己拿主意。24岁企业就破格把我从技工晋升为技师，辽宁省培养我为‘功勋高技能人才’，全省几百万产业工人，每两年也就评选那么5个人，我是不忍心离开企业、离开我们省的。”周皓是一个念旧的人，虽然来到海南快10年了，早已成为岛民，但提及辽宁阜新，他总是说“我们省”。

“娃是2015年7月30日出生的，俩孩子嗷嗷待哺，我一个月的工资，一个星期的奶粉就干完了。经济上真的是拮据了。企业确实也不想让我离开，因为好多企业需要改进质量和工艺，就找到我们企业。我就做，一套模具二三十万元，一个月能做好几套，一年的效益能给企业省好几百万元甚至上千万元了。”

3

采访周皓，多数时候是在图书馆。深海所大厅和文化厅（也是图书馆、咖啡馆），有深海考古发掘出来的珐华瓷器展出。周皓在此路过或停留时，常常会多看一眼。虽然周皓不是艺术家，但是他对任何工艺制品都感兴趣。他会思考，珐华瓷器是怎么做出来的，色彩和图案如此漂亮，在海底浸泡 500 年竟然不变色。以前有人称赞周皓做的钳工工件“简直就是艺术品”。开始周皓还不明白具体的含义，只是简单认为做出来的工件要好看，不仅好看，还要手感好，周皓能摸出 2 件极细微的不光滑，然后手工打磨消除。500 年前这些瓷器艺术家是怎么做到的？放在现代，他们个个都是大国工匠吧。

周皓对工艺很感兴趣，他请教了考古专家和瓷器专家，大体上知道了珐华瓷器在海水中浸泡了 500 年还不变色的原因。珐华瓷器的制作工艺和材料特性是其保持色彩鲜艳的关键。珐华瓷器采用独特的沥粉技法，即在素烧的胎体上用泥料勾出凸起的纹饰轮廓，再填入各色釉料，最后入窑煅烧而成。这种工艺使得珐华瓷器表面形成了一层保护性的釉层，能够有效隔绝外界环境对其色彩的影响。

周皓作为北京冬奥会火炬手，传递火炬

周皓受邀参加中华人民共和国成立 75 周年招待会

对，工艺和材料最重要。周皓做了这么多年的钳工，深知工艺和材料的重要价值。

每次看到这些深海考古文物展品，周皓内心都会飘过一种不易察觉的自豪：这些绝世精美的文物，都是我的“深海勇士号”小心翼翼、一个个完整不碎地从深海沉船里取出来的呢。

4

周皓的工作室就在车间里，紧靠海边。每天上工的时候，墙上的所长格言和几个醒目的标牌他都一览无余：全国示范性劳模和工匠人才创新工作室（中华全国总工会2020年12月授予）、海南省劳模和工匠人才创新工作室（海南省总工会2019年12月授予）、周皓劳模创新工作室（中国科学院深海科学与工程研究所2018年4月授予）。这些标牌的精神内核，已经铭刻在了周皓的骨子里，化为了经他手里打磨的一个个精致的工件、一个个由他们团队保障的项目、一次次硕果累累的深海远洋航行。

有时候，周皓在工作室——实际上就是工程部的车间，干活累了，也歇会儿，喝喝水，傻傻地发呆。春暖花开，面朝大海，古今穿越，异想联翩——

咱辽西那嘎嗒，祖辈以来，好多人靠挖煤、烧煤发电，现在无煤可挖，都闲着没事，要不，都来三亚，或者南海某个岛上，搞风力发电，哇，大海上全是巨大的风车，一直到海的天际线。大风车转着、转着就发电了，再架几条粗壮的海底电缆，把电输送到大陆，甚至可以输送到东北。人们一边在三亚湾开着游艇玩，喝着海南椰子汁，一边用电脑或者手机管理大风车的风能发电，想要多少电，就发多少电……

算了，这事还是交给儿子们这一辈去做吧。

干活。

后 记

年岁见长，我渐渐有了一些“固执己见”。比如，认定有一些遇见是注定的重逢，如与童年重逢，与故乡重逢，比如这次遇见周皓，遇见“大国工匠人物传”这个题材，就是属于我的，已经被注定。

周皓其实是封闭的，或许他压根儿就不希望自己被别人打开。他开始不接受采访，左推右让。直到出版社规定的交稿日期越来越近，他也推不开了。我们直奔海南三亚他所在的中国科学院深海科学与工程研究所（简称深海所）去堵住他。周皓倒不是故意推让，他确实忙，不久前刚出席了党的二十届三中全会，现在又刚从延安干部学院学习回来。那天早晨见到我们时，他一身风尘，一脸疲惫，头天晚上自己开了四五个小时车，受邀为邻县消防队战士宣讲三中全会精神。

周皓不愿意被写进书里，却乐见比他年轻的人成为当初的自己。写书固然回避不了“周皓是谁”“为什么是周皓”这样的大问题，他只在意，于细水长流之中点点滴滴做好眼下的自己。

周皓领着我们去他的车间，也是他的“劳模工作室”，一路上都是和“周老师”打招呼的同事。那份忙碌中突然停下来的亲热，让旁观的我们，对外表木讷的“周老师”倍增敬意。他一边介绍正在攻坚创新的设备和项目，一边介绍自己：“看吧，我就是一个钳工，钳工里运气最好的那一个。”

那天下午，当我们面朝大海，在深海所270度无敌海景的网红书吧“所在咖啡”与周皓面对面时，他埋着头，手捏着一瓶始终没有打开的矿泉水。当陷入对过去的追忆时，他的泪水不由自主地滚落在那双烙印着他钳工生涯无数记忆刻痕的手心、手背上。

东北故土，深海三亚，命运如同一匹野马，驰骋在辽阔而深不见底的生命旷野里。命运的齿轮无情地割裂过的那些伤口，早已结痂，漠然不觉，如今又被泪水揭开，在泪水里愈合。他笑着流泪，流着泪憨憨地笑着的模样，很青春，很动人。

此前，我也写过院士、科学家、军人、警察，在风雨兼程，走进一个个平凡英雄的路上，进入他们，也成为他们。在与他们一个又一个四目相对时，我的一双看似平行的眼睛其实是双向背反的，一只眼睛在不断地向外追问着“他是谁”“为了谁”的同时，内向的另一只眼也在追寻内心里累积的自己，“我是谁”“我们为什么遇见”。

周皓36岁时，命运的齿轮将他从辽西大平原转折到了三亚深海所；我在同样的年纪，也经历了从内陆四川盆地的宜宾到沿海改革开放前沿阵地的广州工作、生活的变迁；他在东北老工业基地阜新矿务局的大厂矿出生，我也在20世纪七八十年代国家三线建设的国营大工厂长大，我的父兄也与周皓的父亲一样，帅气地穿着油渍斑斑的深蓝工服，身上永远散发着好闻的机油味。

采访阜新老家中周皓的父母，熟悉的身影，熟悉的声音，熟悉的场景，那样亲切，那样直击肺腑。在三亚采访周皓时，我不曾流泪，想不到面对他父母时，我的泪水一直默默地在心里流。那一刻就如同重回万水千山之外的故乡，与童年与青少年的我重逢，与留在长江边的那个已经被荒草掩埋的，我父兄为之甘洒血汗的“三线”大工厂的生命年轮与青春记忆重逢。我意识到在自己体内沉睡了多年的属于工人阶级的骨血与基因在苏醒，写周皓就是写我血脉相连的父兄，写我这个工人阶级子弟血脉长河里一直奔涌的热血热肠，以及头顶上一路相随的不曾冷却与熄灭的星光。

而周皓，毕竟又不同于我平凡的父兄，他是全国知名的大国工匠，有着“上天入地”的能耐。他瘢痕累累的一双手，看似普通，手感触摸到的颗粒度，能精密到一根头发丝的1/16。从煤矿到深海，从东北平原到天涯海角，他一路破茧成蝶，创造着属于他的传奇。所谓大国工匠之“大”，乃国之重器，而曾经的共和国长子之“长”，正是成就他日后走向深海，成为国之“大”者的源头和基点。

我更明白，眼下，新质生产力之“新”，更是从历史的基底与传统的土壤里长起来的，冒出来的。追溯周皓的血脉，从蒙古草原到东北大平原，再到南国海疆，天涯海角，层层叠叠铺垫着，隐喻着。从游牧文明到农耕文明，再到海洋文明的沧海桑田，迭代变迁，作为手握重器、挺立在时代航船的风口浪尖，在先进生产力发展前沿开疆拓土的周皓，也在不断地蝶变重生，换羽新长。

时代大潮不可阻挡，家运国运，命脉国脉，正如我眼前日夜奔流的长江一样，浩浩荡荡，东流入海。

蛇年除夕，伫立在长江边的故乡，我流着泪，看窗外竞相绽放的烟花爆竹、万家灯火，曾经的“三线”大工厂，早已被房地产的推土机推平掩埋在地下，代之而起的是“共抓大保护，不搞大开发”的标语耸立在长江边的河堤上。三江六岸，满城华灯璀璨，烟火可亲，江水无语，长江有声：祝福祖国，祝福明天，祝福周皓，祝福如我父兄一样，一代又一代平凡而坚实的共和国脊梁。

2025年除夕夜

图书在版编目（CIP）数据

周皓：追求极致的“深海匠人”/袁瑰秋著.
北京：中国工人出版社，2025.9.--ISBN 978-7-5008-8587-0

Ⅰ.I25

中国国家版本馆CIP数据核字第2025V1Y971号

周皓：追求极致的“深海匠人”

出 版 人	董　宽
责任编辑	刘广涛
责任校对	张　彦
责任印制	黄　丽
出版发行	中国工人出版社
地　　址	北京市东城区鼓楼外大街45号　邮编：100120
网　　址	http://www.wp-china.com
电　　话	（010）62005043（总编室） （010）62005039（印制管理中心） （010）62379038（社科文艺分社）
发行热线	（010）82029051　62383056
经　　销	各地书店
印　　刷	宝蕾元仁浩（天津）印刷有限公司
开　　本	880毫米×1230毫米　1/32
印　　张	5.75
字　　数	97千字
版　　次	2025年9月第1版　2025年9月第1次印刷
定　　价	49.00元